모든 것이 평평한 2차원 세상
플랫랜드

"오 밤과 낮, 하지만 그것은 놀랍도록 기이하도다!"

모든 것이 평평한 2차원 세상 플랫랜드

에드윈 A. 애보트 지음
윤태일 옮김

여러 차원들의 이야기

"오호라…, 내 이야기를 얼마나 미친 듯이 세상의 틀에 맞추었던가!"

플랫랜드

지은이 에드윈 A. 에보트
옮긴이 윤태일
발행인 조유현
편집 이부섭
본문디자인 박준철
표지디자인 김진혜
펴낸곳 늘봄

등록번호 제300-1996-106호(1996년 8월 8일)
주　소 서울시 종로구 김상옥로 66, 3층
전　화 02-743-7764
이메일 book@nulbom.co.kr

초　판 발행일 1998년 4월 15일
개정판 발행일 2009년 9월 20일
개정판 27쇄 발행일 2024년 4월 20일

ISBN 978-89-88151-96-9 03840

이 책의 저작권은 늘봄에 있습니다. 신 저작권법에 의해 한국 내에서 보호를 받는 저작물이므로 무단 전재와 복제를 금합니다.

※값은 표지에 있습니다.

모든 공간의 주민들과

특히 H.C를 위해

보잘 것 없는 이 플랫랜드 사람은

이 작품을 헌정하노니,

그가 비록 이전에는 2차원만을 알다가

비로소 **3차원**의 신비를 전수받았지만

하늘나라의 시민들은 점점 더 높은 곳을 열망하여

4차원, 5차원, 심지어 6차원의 비밀에까지 이르기를…

그리하여 3차원 공간의 탁월한 인간들 사이에서

상상력이 무한히 확대되고 가장 귀하고 멋진 선물인

겸손이 최대한 발전하는데

이 작품이 기여하기를 희망하노라.

차례

추천사 • 8

1884년, 제2개정판에 대한 편집자의 서문 • 14

제1부 우리 세상

1 | 플랫랜드의 본질에 대하여 • 24

2 | 플랫랜드의 기후와 주택에 대하여 • 29

3 | 플랫랜드의 주민들에 대하여 • 33

4 | 여성들에 관하여 • 39

5 | 서로를 알아보는 우리의 방법에 대하여 • 49

6 | 시각을 통한 인식법에 대하여 • 57

7 | 불규칙 도형에 관하여 • 66

8 | 고대의 채색풍속에 관하여 • 72

9 | 일반 색채법안에 대하여 • 77

10 | 색채환각 폭동의 진압에 대하여 • 84

11 | 우리나라의 성직자에 관하여 • 92

12 | 우리 성직자들의 교리에 대하여 • 97

제2부 다른 세상들

13 | 내가 어떻게 라인랜드의 환상을 보았는가 • 108

14 | 플랫랜드의 본질에 대하여 얼마나 내가 헛되이 설명했는가 • 117

15 | 스페이스랜드에서 온 이방인에 대하여 • 128

16 | 스페이스랜드의 신비에 대하여 이방인이 얼마나 내게 말로 헛되이 설명하려 했는가 • 135

17 | 말로 헛되이 설명하던 구가 어떻게 행동에 호소했는가 • 153

18 | 어떻게 내가 스페이스랜드로 왔고 무엇을 보았는가 • 158

19 | 구가 스페이스랜드의 다른 비밀을 알려주었지만 내가 얼마나 더 알고 싶어 했으며 그 결과 어떻게 되었는가 • 167

20 | 내가 환상을 볼 수 있도록 어떻게 구가 나를 격려했는가 • 181

21 | 내가 어떻게 손자에게 3차원 이론을 가르치려 했고 그 결과 어떻게 되었는가 • 188

22 | 내가 그때 얼마나 다른 방법으로 3차원의 이론을 확산시키려 노력했으며 그 결과는 어떠했는가 • 193

옮긴이의 말_ 한 차원 높은 창의성을 북돋아 주는 고전 • 201

 추천사

여기 순수 수학을 향한 흥미진진한 모험이 있다. 기하학적인 도형들이 살고 있는 이상한 공간에 대한 판타지다. 이 기하학적인 도형들은 우리 사람들과 똑같이 생각하고 말하고, 심지어 감정도 느낀다. 이것은 공상과학 소설에나 나오는 시시한 이야기가 아니다. 이 책의 목적은 교육적이다. 그리고 굉장히 예민한 예술적 감각으로 써졌다. 일단 읽기 시작 하면 여러분은 곧 이것의 마법에 걸리고 말 것이다. 만약 당신의 마음이 아직 젊고, 경이감 sense of wonder이 아직도 속에서 용솟음치고 있다면, 당신은 이 소설을 단번에 독파하고 소설이 끝나는 것을 아쉬워 할 것이다. 하지만 여전히 누가 언제 이 이야기를 썼는가에 대해서는 짐작하지 못할 것이다.

요즘은 공간, 시간, 상대성, 혹은 4차원이라는 말들이 일상용어가 되다시피 했다. 하지만 1차원, 2차원, 3차원 그밖의 다차원에 대해서 생생하게 그리고 있는 이 『플랫랜드』는 아인슈타인이 등장한 이후인 '상대성 시대' the era of relativity에 창작된 이야기가 아니다. 이 책은 지금으로부터 70년 전에 쓰였다.[1] 그러니까 아인슈타인이 그저 조그만 아이였을 때이고 시간이나 공간이라는 개념이 알려지기 대략 25년 전이다.

그 옛날에는 물론 전문 수학자들도 다양한 차원의 공간에 대해서 상상만 하고 있었다. 물리학자들조차도 이론을 통해서 어떤 임의적 차원에서 가상적인 그래프 공간만을 다루고 있었다. 그러나 이 모든 것들은 추상적인 이론에 불과했다. 그 당시엔 그런 것들을 명쾌하게 밝혀달라는 대중들의 요구도 없었다. 사람들은 그런 것들이 있는지 조차 몰랐던 것이다.

그래서 사람들은 이『플랫랜드』를 쓴 에드윈 A. 애보트Ediwin A. Abbott가 틀림없이 수학자나 물리학자였을 것이라고 생각하겠지만, 그는 둘 다 아니었다. 사실 그는 학교 선생님이었고, 그것도 아주 유명한 교장 선생님이었다. 하지만 그의 전공분야는 고전이었고 그의 주요 관심 분야는 문학과 신학으로써, 그는 그 분야의 책을 몇 권 써내기도 했다. 이런 사람이 흥미진진한 수학 모험에 대해 쓸 사

---
1) 아인슈타인의 동료 물리학자로 유명한 바네시 호프만이 이 제2판의 추천사를 쓴 때는 1952년이다.—역자 주

람으로 보이는가? 아마도 스스로도 그렇게 생각하지 않은 것 같다. 그래서 그는 그동안 자기가 쓴, 좀 더 격식을 차린 글들의 명성이 손상되는 것을 두려워했는지, 처음에는 '정사각형' Square이라는 필명으로 이 『플랫랜드』를 출간했다.

소설 『플랫랜드』가 출판된 후, 시간과 공간에 대한 우리의 생각에 많은 변화가 일어났다. 하지만 4차원에 대한 그 모든 이야기에도 불구하고, 차원에 대한 기본 개념은 바뀌지 않았다. 상대성이론이 생기기 훨씬 이전에 과학자들은 시간을 별도의 차원extra dimension이라 생각했다. 그 당시에 사람들은 공간의 3개 차원들로부터 떨어진, 단 하나의 고립된 차원을 시간이라 여겼다. 상대성 이론에서 비로소 시간은 공간과 떨어지려야 떨어질 수 없도록 뒤엉키면서 진정한 4차원 세계를 형성하게 되었다. 그리고 이 4차원 세계는 휘어진 세계라는 것이 밝혀질 것이다.

이런 현대적인 발전도 플랫랜드 이야기에 대해 사람들이 상상하는 것보다 더 의미가 있지는 않다. 우리는 정말로 4개의 차원들을

● 추천사

가지고 있다. 하지만 상대성이론에서조차도 그 차원들은 종류가 다 같지 않다. 그중 3개만이 공간적이다. 네 번째는 시간적이며, 우리는 시간을 초월해서 자유롭게 움직일 수가 없다. 가버린 날들로 되돌아가거나, 다가오는 내일을 피할 수 없다. 미래로 향해 가는 여행을 서두를 수도 없고 늦출 수도 없다. 우리는 마치 사람들로 가득 찬 에스컬레이터를 운 나쁘게 타게 된 승객과 같다. 우리에게 정해진 어떤 특정한 층에 다다를 때까지 쉬지 않고 계속 앞으로 실려 간다. 그리고 시간이 존재하지 않는 곳에서 내리게 된다. 반면에 우리 몸을 구성했던 물질적 요소들은 그 냉혹한 에스컬레이터에 실려 여행을 계속할 것이다. 아마도 영원히….

시간이라는 독재자는 우리 세계에서와 똑같이 플랫랜드에서도 영향력을 행사한다. 상대적으로나 절대적으로나, 우리는 애보트가 상상한 피조물들보다 겨우 하나 많은 차원을 가지고 있을 뿐이다. 우리는 3차원 공간에서 살고 있고 그들은 2차원 공간에서 살 뿐이다. 플랫랜드에 살고 있는 그들은 지각할 수 있는 존재들이다. 그들은 우리와 비슷한 문제로 고민하고 우리와 비슷한 감정을 느낀다.

비록 신체적으로는 납작할지 모르나, 그들의 성격은 모나지 않고 둥글다. 그들은 우리들의 친척, 우리의 피붙이다. 플랫랜드에서 우리는 그들과 함께 뛰어 논다. 그렇게 뛰어 놀다 보면 우리는 따분하고 단조로운 우리 세상을 젊음의 경이로운 눈으로 다시 보게 된다.

플랫랜드에서 우리는 2차원의 감옥을 쉽게 탈출할 수 있다. 2차원 감옥에서 3차원으로 잠깐 올라갔다가 2차원 감옥의 벽 밖으로 되돌아오면 되기 때문이다. 그것은 이 3차원이 평면이 아니라 입체 공간이기 때문에 가능하다. 우리의 네 번째 차원인 시간은 비록 그것이 실재하는 또 하나의 차원이긴 하지만, 우리가 3차원의 감옥을 탈출하는 걸 허락하지 않는다. 참을성 있게 시간이 지나가는 것을 기다린다면 우리 형기는 채워질 것이고, 그래서 우리가 자유를 얻게 될 때 비로소 우리는 감옥을 탈출할 수 있을 것이다. 하지만 그것은 탈출이라고 하기가 어렵다. 우리가 탈출을 하려면 시간여행을 통해서, 감옥이 열렸을 때나 파괴되었을 때, 아니면 아직 감옥이 채 지어지지 않았던 바로 그 순간으로 이동해서 감옥 밖으로 나와야 한다. 그리고 다시 시간여행의 방향을 바꾸어 현대로 돌아온다면

● 추천사

우리는 감옥을 탈출할 수 있다. 하지만 우리나 플랫랜드의 주민들은 시간 속으로 여행할 수 없다.

많은 시간들이 흘렀음에도 불구하고, 70년도 더 된 이 오래된 이야기에서는 세월의 흔적을 찾을 수 없다. 마치 요즘 창작된 작품처럼 여전히 활기차며 사시사철 푸르른 매력을 발산하는 영원한 고전이다. 다른 모든 위대한 예술이 그러하듯, 이 작품은 시간이라는 독재자에 꿋꿋하게 맞서고 있다.

— 바네시 호프만 Banesh Hoffman

1884년, 제2개정판에 대한 편집자의 서문

　만약 플랫랜드의 가여운 내 친구 정사각형Square 씨가 처음 이 회상록을 쓰기 시작할 때처럼 여전히 활기차다면, 내가 그를 대신하여 이 서문을 쓸 필요는 없었을 것입니다. 서문을 통해서 먼저 그는 기대 이상으로 빠르게 제2판이 나오게 된 데에 대하여, 스페이스랜드의 독자들과 비평가들에게 감사를 드리고 싶어 했습니다. 두 번째로 이 책의 몇 가지 오류와 오탈자(하지만 그것은 그의 책임이 절대 아닙니다)에 대하여 사과하고 싶어 했고, 마지막으로 한두 가지 오해를 해명하려 했습니다. 그러나 그는 옛날의 그 정사각형 씨가 더 이상 아닙니다. 오랜 감옥생활, 그보다 더 큰 불신과 비웃음, 그리고 세월의 풍화라는 자연적인 현상 때문에 그의 많은 생각과 관념들, 그리고 그가 짧은 시간동안 스페이스랜드에서 습득했던 많은 용어들이 마음속에서 사라졌습니다. 그래서 그는 특히 두 가지 반론에 대해서 자기를 대신하여 내게 답해 달라고 부탁했습니다. 하나는 지적인 것이고 또 다른 하나는 도덕성에 대한 것입니다.

　첫 번째 반론은 플랫랜드 사람들이 선을 볼 때 선의 '길이'는 물론 '두께'도 분명히 볼 것이라는 내용입니다(두께가 없다면 그것은 보이지 않을 테니까요). 그러므로 그 나라 사람들은 그냥 길거나 넓은 것만이 아니라 (비록 아주 작은 수준이라도) '두께'나 '높이'도 가지고 있다는 걸 인정해야 할 것입니다 이 반론은 스페이스랜드 사람들에게는 굉장히 그럴듯해 보였습니다. 고백하건데, 내가 처음 이 이야기를 들었을 때 뭐라고 말을 해야 할지 모를 정도였으니까요. 하지만 내 생각에, 가여운 내 오랜 친구의 답은 그것을 멋지게 해결했습니다.

"인정합니다." 내가 그에게 이 반론에 대해 말했을 때, 그는 대답했습니다. "당신네 비판이 주장하는 사실은 인정해요. 하지만 그 비판의 결론은 인정할 수 없어요. 플랫랜드에는 우리가 인식하지 못하는 세 번째 차원이 분명히 있습니다. '높이' height라고 불리는 것이지요. 그것은 스페이스랜드에 당신들이 인식하지 못하는 네 번째 차원이 분명히 있는 것과 마찬가지입니다. 현재는 이름이 없지만 나는 그것을 '별도의 높이' extra-height라고 부르겠습니다. 그러나 우리가 우리 세상에서 '높이'를 인식하지 못하는 것은 당신들이 당신네 세상에서 '별도의 높이'를 인식하는 못하는 것과 마찬가지입니다. 심지어 한 때는 스페이스랜드에 머물렀었고 '높이'의 의미를 완전히 이해하는 특권을 가졌던 나조차도 지금은 그 '높이'를 잘 이해할 수 없고 깨달을 수 없더군요. 시각을 통해서는 물론, 다른 어떤 추론 과정을 통해서도 알 수 없습니다. 그저 믿음을 통해서 파악할 수 있을 뿐이에요.

이유는 분명합니다. 제3의 차원이란 것은 방향을 내포하고 있고, 치수를 내포하고 있고, 많고 적음을 내포하고 있습니다. 자 이제 우리의 선들이 모두 '똑같이' '극미한' 두께(혹은 당신들이 좋아하는 식으로 말하면 높이)를 가진다고 합시다. 그러면 여기에는 우리가 세 번째 차원에 대해서 생각할 것이 아무 것도 없게 됩니다. 그러니까 어떤 '정밀한 마이크로미터'도 (어느 성급한 스페이스랜드의 비평가가 제안한 것처럼) 우리에겐 소용이 없는 것입니다. 왜냐하면 우리는 '어떤 방향에서 무엇을 측정' 해야 할지 모르니까요. 우리가 플랫랜드에서 하나의 직선을 볼 때, 우리는 그냥 길고 '밝은' 사물을 보는 것입니다. '밝기'는 길이와 마찬가지로 직선의 존재에는 필수불가결한 것이지요. 밝기가 사라지면 그 직선도 없어지는

● 1884년, 제2개정판에 대한 편집자의 서문

것입니다. 따라서 직선 안에 어찌되었든 명백히 존재하지만 우리가 인식하지 못하는 그 차원에 대해서, 내가 플랫랜드의 친구들한테 이야기 하면 모두들 이렇게 말합니다. '아, 그 밝기 말이야? 내가 '아니 내 말은 진짜 실재하는 차원 말이야' 하면 그들은 당장 '그래 그럼 측정해 봐! 아니면 어떤 방향으로 그것이 뻗어있는지 말해주든지…' 하고 응수합니다. 그러면 나는 그중 어느 하나도 할 수 없기 때문에 할 말이 없어집니다. 바로 어제, 우두머리 동그라미(다른 말로 하면 '최고 사제'라고 할 수 있겠지요)가 연방 교도소를 정찰했습니다. 일곱 번째의 연례적인 방문인 이번 순찰에서, 그는 내게 일곱 번째로 질문을 했습니다. '내가 조금 나아 보인다고?' 그는 모르고 있었지만 나는 그가 길고 넓을 뿐 아니라 '높다'는 걸 증명해 보이려 노력했지요. 그런데 그의 대답이 무엇이었는지 아세요? '당신이 지금 내게 높다고 했는데 그럼 내 높음$^{high-ness}$을 측정해 보시오. 그러면 당신을 믿겠소.' 내가 무엇을 할 수 있었겠어요? 내가 어떻게 그 도전에 응수할 수 있었겠습니까? 나는 박살났지요. 그리고 그는 승리감에 젖어서 유유히 감방을 떠났습니다.

이게 아직도 이상해 보입니까? 그럼 그런 비슷한 상황에 당신들이 처했다고 생각해 보세요. 4차원의 어떤 사람이 당신을 만나러 내려와서는 이렇게 말한다고 가정해 보세요. '당신의 눈으로 (2차원의) 평면을 볼 때마다, 그것으로부터 (3차원의) 입체를 추론합니다. 하지만 당신은 (물론 인식하지 못하지만) 4차원을 보고 있는 것입니다. 그것은 밝기도 없고, 색깔도 없으며, 내가 그 방향을 지적할 수도 없고, 그것을 당신이 측정할 수도 없지만, 분명히 실제로 존재하는 진정한 차원입니다.' 당신은 이 방문객에게 뭐라고 말하겠습니까? 그를 가두어 버리지 않을까요? 그것이 내 운명입니다. 4차원에 대해 선교하는 정육면체를 당신네 스페이스랜드의 사람들이 가두어 버리는 것처럼, 3차원의 세계를 설명하는 이 정사각형을 우리 플랫랜드 사람들이 가두어 버리는 것은 당연한 일입니다. 오호라! 차원을 막론하고 무지막지하게 인간을 학대하는 이 힘은 마치 한 통속인 것처럼 얼마나 유사하단 말인가! 점, 선, 정사각형, 입방체, 그리고 별도의 입방체extra-cubes…. 우리는 모두 똑같이 실수를 범하기 쉽고, 각자의 차원에서 오는 편견의 노예이지요. 마치 당신네 스페이스랜드의 한 시인이 이렇게 말한 것처럼 말입니다.

● 1884년, 제2개정판에 대한 편집자의 서문

'대자연에 한 번 닿기만 하여도 모든 세상은 다 똑같아지도다!'[2)]

지금까지 첫 번째 반론에 대해서 내 친구 정사각형 씨가 방어한 논증은 내가 보기에 탄탄해 보입니다. 두 번째(혹은 도덕적) 반론에 대한 그의 대답이 첫 번째처럼 명료하고 설득이 있다고 말할 수 있기를 바랍니다. 그가 여성혐오자라고 얘기들 하지요. 자연의 법칙으로 인해 스페이스랜드 종족의 반 이상을 차지하고 있는 이들(=여자들)로부터 이 반론이 들어왔기 때문에, 나는 가능하다면 이 반론을 해결하고 싶습니다. 내 친구 정사각형 씨는 스페이스랜드의 도덕적인 용어 사용에 전혀 익숙하지 않습니다. 따라서 만약 내가 이 반론에 대한 그의 방어를 그대로 옮긴다면 그것은 그에게 굉장히 부당한 것이 될 것입니다. 그의 주석자이며 요약자로서 처신하고 있는 내가 추측하기에, 그는 7년간의 감옥생활 동안 여성이나 하류

---

2) 저자는 이전에 내게 몇 가지 사실에 대해 추가할 것을 원했습니다. 즉, 이 문제에 대한 비평가들의 일부 오해가 저자로 하여금 구體, sphere와의 대화내용을 삽입하도록 했는데, 그 내용은 이 질문의 몇 가지 사항과 관련되어 있기는 하지만 불필요하고 지루한 것이기 때문에 그 전에는 빼버렸던 내용들입니다.

계층(즉 이등변 삼각형들)에 대해서 생각을 많이 바꾼 것 같습니다. 개인적으로 그는 직선들이 많은 면에서 동그라미들보다 우월하다는 구求, sphere의 의견 쪽으로 기울고 있습니다. 하지만 역사학자로서 글을 쓸 때는, 플랫랜드나 심지어 (그가 알고 있는) 스페이스랜드의 역사학자들이 일반적으로 가지고 있는 생각과 (아마도 너무나) 비슷하게 표현한 것입니다. 역사가들의 책에서는 (아주 최근까지도) 여자와 대중의 운명은 신중히 검토할 가치가 없을뿐더러 말할 가치조차 없다고 기술되어 있었으니까요.

여전히 더 애매한 점은 그가 지금 동그라미, 즉 귀족계급의 성향을 부인하려 한다는 점입니다. 그것은 몇몇 비판자들도 자연스럽게 그에게 속한 것으로 간주하는 성향입니다. 지적 능력을 바탕으로 소수의 동그라미들은 수 세대에 걸쳐 플랫랜드의 수많은 사람들을 지배해 왔습니다. 그런 지적 능력을 발휘하는 것은 정당하지만, 플랫랜드의 사실에 비추어 볼 때 (그의 말에 논평을 달지 않고 그대로 옮겨보면) 혁명은 언제나 대학살에 의해 진압되는 것은 아니라고 정사각형 씨는 믿습니다. 그리고 대자연은 동그라미에게 불임을 선

● 1884년, 제2개정판에 대한 편집자의 서문

고함으로써 결국 참혹한 실패를 안겨 주리라고 정사각형 씨는 믿습니다.

이런 이유 때문에 그는 말합니다. "나는 모든 위대한 법칙이 실현되는 것을 알고 있습니다. 즉, 그것은 인간의 지혜가 어떤 한 가지를 하고 있다고 생각할 때 대자연의 지혜는 다른 어떤 일을 하기 위해 그것을 억제하는 것입니다. 좀 더 다르고 훨씬 더 나은 것을 위해서 그것을 억제하는 것입니다." 그밖에도 그는 플랫랜드의 자잘한 일상 생활들이 스페이스랜드의 모든 자잘한 것과 대응해야 된다고 스페이스 사람들이 생각하지 않기를 원했습니다. 그리고 또 전체적으로 그의 작품이 스페이스랜드의 온화하고 겸손한 사람들에게 도발적이면서 재미있는 것이 되었으면 합니다. 그들은 (가장 중요하지만 경험 이상의 것에 대해서 말하자면) 한편으로는 "이건 있을 수 없는 일이야!' 라든가, 또는 "이건 좀 더 명확하게 할 필요가 있어. 그리고 우리는 그것에 대해 다 알고 있어!' 따위의 말을 삼가는 온화하고 겸손한 사람들입니다.

제1부
우리 세상

인내하라. 이 세상은 넓고 광활하도다.

1
플랫랜드의 본질에 대하여

나는 우리의 세계를 플랫랜드라고 부릅니다. 이것은 우리가 그렇게 불렀기 때문이 아닙니다. 다만 3차원 공간인 스페이스랜드에서 살 수 있는 특권을 가진 당신, 나의 행복한 독자들에게 우리나라의 본질을 좀 더 명확하게 알려주고 싶었기 때문입니다.

여기 커다란 종이가 펼쳐 있다고 상상해 보세요. 그 종이 위에서 직선, 삼각형, 사각형, 오각형, 육각형 그리고 다른 도형들이 고정

되어 있는 것이 아니라 자유롭게 움직이기는 하지만, 종이 위로 솟아오르거나 밑으로 가라앉을 수는 없습니다. 마치 확실하고 선명한 윤곽선을 가진 그림자가 종이 위에서 움직이는 것처럼 말이죠. 그 정도를 상상했다면 여러분들은 우리나라와 우리나라 사람들에 대해 비교적 정확한 개념을 갖게 될 것입니다. 아아! 슬프게도, 몇 년 전만 해도 나는 "우리의 우주"라고 말했겠지요. 하지만 이제 나의 마음은 개방되어 더 높은 관점에서 사물을 바라볼 수 있게 되었습니다.

이런 나라에서는 여러분이 말하는 이른바 '딱딱한 입방체' 같은 어떠한 것도 있을 수 없음을 알게 될 것입니다. 그러나 감히 단언하건데, 삼각형이나 사각형, 그리고 그밖에 다른 도형들이 내가 앞에서 설명한 것처럼 움직이는 것만을 보고서 여러분은 최소한 그것을 구분할 수 있으리라고 생각하겠지요. 하지만 그 반대입니다. 우리는 그런 여러 종류의 도형을 볼 수 있는 것은 아니며 여러 도형들을 서로 구별하기도 힘듭니다. 우리에게 보이는 것은 오직 직선뿐이며, 다른 모습은 볼 수가 없습니다. 왜 그럴 수밖에 없는 지는 곧 증명해 보이겠습니다.

3차원 공간에 있는 한 탁자위에 동전 하나를 올려 놓아보세요. 그리고 위에서 내려다보세요. 동그란 원으로 보일 것입니다.

이제 탁자 가장자리로 물러나 천천히 눈높이를 낮추어 보세요. (그럼으로써 플랫랜드 사람들의 조건과 점점 비슷해지는 겁니다.) 그러면 여러분들에게 그 동전은 더 이상 동그랗게 보이질 않을 거예요. 아마도 직선으로 보일 테지요.

마분지에서 잘라낸 삼각형이나 사각형, 다른 어떤 모양도 똑같을 것입니다. 여러분이 탁자의 가장자리와 눈높이를 맞추고 있는 한 그것은 어떤 도형으로 보이질 않고 직선으로 보이는 것을 발견할 것입니다. 상인을 나타내는 지체 높은 계급의 정삼각형을 가지고 예를 들어 볼까요? 그림 1은 여러분이 탁자 위에서 바라볼 때의 상인의 모습을 나타냅니다. 그림 2와 3은 탁자 바닥면 가까이에 눈높이를 맞추고 보았을 때, 여러분의 눈에 보이는 상인(정삼각형)의 모습입니다. 그리고 여러분의 눈을 탁자 바닥면에 딱 붙였을 때 (이것이 바로 우리가 플랫랜드에서 보는 그의 모습이지요) 여러분이 보는 정삼각형은 다름 아닌 직선의 형태를 띠겠지요.

내가 스페이스랜드에 있을 때, 당신네 선원들도 이와 비슷한 경

험을 한다고 들었습니다. 바다를 항해하면서 수평선 너머의 해안선이나 섬을 바라볼 때 말입니다. 육지 쪽으로 움푹 들어간 만(灣)이나 바다 쪽으로 튀어나온 갑岬 때문에, 멀리 떨어진 육지에는 어느 정도 울퉁불퉁한 요철凹凸이 있을 것입니다. 그러나 먼 거리에서 보면 육지의 이런 울퉁불퉁한 요철 지형은 거의 나타나지 않겠지요. (태양이 이런 요철 지형을 명암으로 처리 하지 않는다면 말입니다.) 끊어질 듯 이어지는 회색의 선으로만 보일 뿐이겠지요.

음 그러니까, 우리 플랫랜드에서 삼각형이나 다른 이웃들이 우리 쪽으로 다가올 때 우리가 보는 모습도 이와 같습니다. 여러분들처럼 그림자를 만들 수 있는 태양이나 다른 종류의 빛이 우리에게 없기 때문에 우리는 시각에 도움이 되는 어떤 종류의 것도 갖고 있지 않습니다. 만약, 우리 친구가 점점 우리에게 가까이 다가온다면 우리는 그의 선이 점점 커지는 것을 보게 되지요. 만약 그가 우리에게서 멀어져 가면 그 선은 점점 작아지고요. 하지만 그 친구는 여전히 직선으로 밖에 보이지 않습니다. 삼각형, 사각형, 오각형, 육각형, 동그라미 뭐든지 상관없어요. 직선, 그것으로만 보일 뿐 아무것으로도 보이지 않을 것입니다.

이런 악조건 속에서 우리가 어떻게 우리 친구들을 알아 볼 수 있냐고 물으시겠지요. 이 자연스러운 질문은 제가 앞으로 플랫랜드 사람들을 묘사하게 되면 좀 더 적절하고 쉽게 대답이 될 것입니다. 지금은 이 문제를 조금 뒤로 미루기로 하고 우리나라의 기후와 집들에 대해 몇 마디 하도록 하겠습니다.

2
플랫랜드의 기후와 주택에 대하여

여러분과 마찬가지로, 우리들에게도 동서남북의 네 방향이 있습니다.

우리에겐 태양이나 다른 천체가 없기 때문에 통상적으로 북쪽방향을 정하기가 힘듭니다. 하지만 우리 나름의 방법은 있습니다. 우리의 자연법칙에는 남쪽으로 잡아당기는 인력引力이 있습니다. 날씨가 좋을 때는 이런 인력이 매우 약하긴 하지만 (그래서 건강한 여성들도 북쪽으로 어느 정도는 거뜬하게 여행할 수 있습니다) 남쪽으로 끌어당기는 이 약한 인력은 우리 지구의 나침반 역할을 하기에 충분하지요. 거기다가 가끔씩 일정 주기로 내리는 비는 언제나 북쪽으로부터 오기 때문에 또 다른 도움이 되지요. 그리고 마을의 집들도 방향을 아는 데 중요한 지침이 됩니다. 우리네 집들은 측벽이 모두 북쪽과 남쪽을 향하고 있지요. 그래야 지붕들이 북쪽으로부터 오는 비를 막을 수 있으니까요. 집들이 없는 시골에서는 나무 줄기도 꽤 도움이 된답니다. 대체로 우리가 방향을 측정하는 데는 생각만큼 어려움이 그리 크지는 않습니다.

하지만 남향南向의 인력을 잘 느낄 수 없는 따뜻한 지방에서, 황량한 벌판을 여행할 때는 사정이 조금 다릅니다. 몇 시간 동안 망연자실하게 서 있어야 하는 경우도 있으니까요. 집이나 나무같이 방향을 파악하는 데 필요한 지침도 없어 비라도 오기를 기다려야 하기 때문입니다. 남쪽을 향한 이러한 인력은 건강한 남성보다는 노약자와 특히 연약한 여인들이 훨씬 더 잘 느낍니다. 그래서 만약 길에서 숙녀를 만나게 되면 언제나 북쪽 길을 내어 주어야 합니다. 건강이 안 좋거나 또는 남쪽과 북쪽을 가리기 힘든 험한 기후 속에서도 늘 흔쾌히 그렇게 한다는 것은 어려운 일입니다. 그래서 그렇게 하도록 지도하는 것이 여기 교육의 핵심입니다.

우리 플랫랜드에서는 집에 창문이 없습니다. 집 안에서나 밖에서나, 밤이나 낮이나 언제 어디서나 빛은 우리를 골고루 비추기 때문입니다. 어디서부터 오는지는 모릅니다. 한 때는 학식 있는 사람들이 이 흥미롭고 자주 대두되는 질문, 즉 "빛의 근원은 무엇이냐?" 하는 것에 대해 끊임없이 대답을 구하려 한 적이 있습니다. 하지만 그 결과 자칭 문제해결사들로 우리 정신병동을 채웠을 뿐입니다. 이런 연구에 세금을 높게 매겨도 억제하는 효과가 없자, 국회에서는 최근 완전히 법으로 금해버렸습니다. 나만이, 아! 슬프게도 이 플랫랜드에선 나 혼자만이 이 신비에 대해 진정한 해답을 알고 있습니다. 하지만 내가 알고 있는 것들을 우리나라 사람 누구도 이해하지 못하고 있어요. 그래서 내가 비웃음을 당하고 있습니다. 공간의 진실들과 3차원 세계의 빛에 대한 이론을 혼자 알고 있는 내가 완전히 미친 사람 취급을 당하고 있는 것입니다. 본론에서 벗어난 이 괴로운 이야기는 그만하고, 다시 우리들의 집 이야기로 돌아가지요.

그림에서 보듯이, 가장 평범한 집들의 구조는 오각형입니다. 북쪽의 두 변 RO, OF가 지붕을 이루고 있으며 대부분 문이 없습니다. 동쪽에는 여성용 문이 있고 서쪽에는 그보다 더 큰 남성용 문이 있습니다. 남쪽의

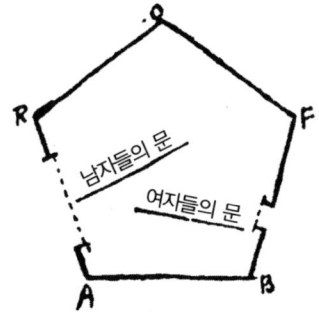

변은 바닥을 이루며 보통 문이 없습니다.

삼각형이나 사각형의 집들은 허가가 나지 않는데 그것은 이런 이유 때문입니다. 사각형의 각은 (물론 삼각형의 각은 그보다 훨씬 더하겠지만) 오각형의 각보다 훨씬 뾰족하고, 생명 없는 물체(이를테면 집과 같은 것)의 선은 여자나 남자들의 선보다 약간 흐릿합니다. 그래서 경솔하거나 정신없는 여행자가 삼각형이나 사각형 구조의 집에 갑자기 뛰어들다가 그 뾰족한 각에 치명적인 상해를 입을 수도 있다는 것입니다. 결국, 우리 연대기로 11세기 정도에 삼각형 형태의 집은 법에 의해서 통상적으로 금지되었습니다. 일반대중들이 접근해서는 안 되는 군사 요충지의 화약고나 병영 같은 것을 제외하고 말입니다.

그때에 사각형 모양의 집들은 특별세로 제약을 가하긴 했지만 대부분의 지역에서는 허락되었습니다. 하지만, 3세기 정도 지난 후 1만 명 이상의 인구를 수용하고 있는 지역에서는 국민의 안정을 위하여 오각형 이상의 집만을 법적으로 허용했습니다. 지각 있는 지역사회에서는 이런 정부의 노력을 후원했습니다. 그래서 지금은 시골에서조차 오각형 구조만이 가장 보편적인 집의 형태입니다. 사각형 모양의 집들은 아주 외진 농촌지역에서나 발견할 수 있을 뿐입니다.

3
플랫랜드의 주민들에 관하여

완전히 성숙한 플랫랜드 사람의 최대 길이 혹은 너비는 여러분들의 측정단위로 하면, 약 11인치$^{27.9cm}$ 정도로 추정됩니다. 아마도 12인치$^{30.4cm}$가 가장 클 것으로 생각됩니다.

우리나라의 여성들은 직선입니다.

군인들과, 가장 낮은 계층인 노동자들은 두 변의 길이가 같은 삼각형입니다. 두변의 길이는 약 11인치 정도이고 밑변이 굉장히 짧지요(보통 1/2인치를 넘지 않습니다). 그래서 정점의 각이 굉장히 날카롭습니다. 그리고 가장 신분이 낮은 경우 (그들의 밑변 길이가 1/8인치가 넘지 않는 경우)에는 꼭지각이 너무 뾰족해서 직선, 즉 여성들과 구분하기가 정말 힘듭니다. 여러분들과 마찬가지로 우리도 이런 삼각형을 이등변삼각형으로 구분해서 부르고 있습니다. 그리고 나도 이제부터 이들을 그렇게 부르겠습니다.

중간 계급은 세변이 같은 정삼각형으로 이루어져 있습니다.
우리 같은 전문가들이나 신사들은 정사각형(내가 속한 계급이지요) 혹은 정오각형들입니다.

그 위에 몇 단계로 나뉘어져 있는 귀족계급이 있습니다. 육각형부터 시작해서 변의 수가 증가하다가 마침내는 다변형이라는 신분에까지 이르지요. 마지막으로 변의 수가 너무 많아져서, 변이 너무 작아지고 동그라미와 구별되기 어려워지면 그 사람은 동그라미 계급, 혹은 성직자에 속하게 됩니다. 가장 높은 계급이지요.

자연의 법칙에 따라서 남자아이들은 아버지보다 변을 하나씩 더 가지게 됩니다. 그래서 각 세대는 신분이 한 단계씩 올라가는 진화의 과정을 밟습니다. 사각형의 아들은 오각형이 되고, 오각형의 아들은 육각형이 되는 식이지요.

하지만 이 자연의 법칙은 상인들에게 언제나 적용되는 것은 아닙니다. 그리고 군인에게는 더욱 드물게 적용됩니다. 변이 똑같지 않기 때문에 인간의 형상이라고 말하기조차 힘든 노동자에겐 거의 적용되지 않습니다. 따라서 이들에게 자연의 법칙은 지켜지지가 않습니다. 이등변삼각형의 아들은 역시 이등변 삼각형으로 남습니다. 그럼에도 불구하고 모든 희망이 사라져 버리는 것은 아닙니다. 이등변삼각형들도 그 밑바닥 환경에서부터 결국에는 상승할 수 있습니다. 오랫동안 성공적인 군인으로 살거나 성실하고 숙련된 노동자로 살다보면, 밑변이 길어지고 다른 두변이 조금씩 짧아지는 현상이 군인이나 기능공 사이에서 일반적으로 나타납니다. 하류 계층 중 조금 지식이 있는 사람들의 아들과 딸이 결혼하면 (보통 성직자가 중재하지요) 그들의 후손은 정삼각형에 매우 가깝습니다.

아주 드물게 (아주 많은 이등변삼각형들의 출생에 비해서 그렇다는 것입니다) 진정한 정삼각형이라고 인증 받을 만한 자식들이 이등변 삼각형의 부모로부터 나오지요.[3] 이런 출생이 가능하려면 우선 신중하게 기획된 다른 도형 간의 혼인이 필요합니다. 뿐만 아니라 정다각형이 되고자 하는 선조들에게는 지속적인 검약과 자기 절제가 필요하고, 이등변삼각형 지성의 끈기 있고 체계적이며 꾸준한 발전이 수 세대에 걸쳐 이루어져야 합니다.

우리나라에서는 이등변삼각형으로부터 정삼각형이 출생하면 널리 알릴만한 경사로 여깁니다. 이들은 보건부와 사회부의 엄격한 검사를 거친 후 엄숙한 예식을 통해 변의 길이가 같은 정다각형으로 받아들여집니다. 그런 즉시 그는 자랑스럽지만 슬픈 부모들 곁을 떠나 아이가 없는 정다각형네 집으로 입양됩니다. 이들을 입양한 부모들은 이 아이가 무의식적으로 잠재된 힘에 의해 다시 자신의 출신계급으로 떨어지는 일이 없도록 하기 위해서, 그 아이가 절대 옛집으로 돌아가는 일이 없도록 하겠다고 맹세하게 됩니다.

노예 후손들로부터 가끔씩 발생하는 정삼각형의 출현은 환영받습니다. 가엾은 노예들이 이것을 단순하고 천박한 자기 존재에 비춰진 하나의 빛과 희망으로 간주하는 것은 물론이고, 귀족들도 이런 현상을 환영합니다. 귀족들은 자신들이 가지고 있는 특권을 대중화하려는 노력은 하지 않으면서, 이런 희귀한 현상이 밑으로부

---

3) "어떤 인증이 필요하단 말입니까?" 한 스페이스랜드의 비평가가 이렇게 질문할 수도 있습니다. "정사각형 아들의 출생이야말로 자연 그 자체로부터 받은 인증이고, 아버지가 동일한 크기의 변을 가졌다는 것을 증명하는 것 아닌가요?" 이에 내가 대답했습니다. 어떤 지위의 여자라도 인증 받지 못한 삼각형과는 결혼하려 하지 않을 것이라고…. 약간 불규칙 삼각형으로부터 가끔은 정사각형의 자손이 태어나기도 합니다. 하지만 그런 경우 세대의 불규칙성은 격세유전隔世遺傳 되어 제3세대로 이어집니다. 그러면 오각형의 등급을 얻지 못하거나 삼각형으로 강등됩니다.

터 오는 개혁을 막는 데 가장 좋은 핑계가 됨을 알기 때문입니다.

날카로운 각을 가진 어중이떠중이들도 있을 것입니다. 모든 희망과 야망이 없는 상태라면 그들은 저항적인 폭동 중에 그들의 지도자를 찾을 수도 있을 것입니다. 동그라미들이 아무리 현명하다 해도 그들의 우세한 숫자나 힘을 어떻게 할 수 없게 말입니다. 하지만 현명한 자연의 율법은 이렇게 규정했습니다. 즉, 노동자 계급의 지능, 지식 그리고 모든 미덕이 증가하는 것에 비례하여 그들의 날카로운 각(그것은 신체적으로 그들을 아주 무섭게 만들지요)도 늘어나서, 상대적으로 덜 위험한 정삼각형의 각 수준이 되게 한다는 것입니다. 따라서 가장 잔인하고 무서운 군인계급이 (지능이 없는 점에서는 여성계급과 비슷하지요) 자신들의 엄청난 돌파력을 발휘하기 위해 자신들의 정신력을 연마할수록, 그 돌파력이 무기력해지는 것을 깨닫게 됩니다.

이 얼마나 대단한 보충의 법칙입니까? 그리고 이 얼마나 완벽한 자연의 적절성에 대한 증거이며, 플랫랜드의 귀족정치 체제에 대한 신성한 원천입니까? 이 현명한 자연의 법칙 때문에 다각형과 동그라미들은 거의 언제나 초기단계에서 폭동을 진압할 수 있습니다. 무한한 인간의 마음을 이용해서 말이지요. 기술도 역시 법과 질서에 도움이 됩니다. 대체로 국립병원 의사들의 인공적인 압축이나 팽창 수술을 통해서, 좀 더 똑똑한 혁명의 지도자들을 완전한 규칙 도형으로 만들 수 있습니다. 그리고 특권층으로 즉시 편입시킵니다. 기준치에서 조금 모자라는 더 많은 도형들은 나중에 귀족이 될 수 있다고 꼬여서 국립병원으로 유도합니다. 거기서 평생 동안 명예롭게(!) 갇혀있게 되지요. 바보같이 고집스럽고, 절망스러울 정도로 불규칙한 한두 명은 사형에 처해집니다.

 지도자도 없어서, 어떻게 할 수 없을 정도로 무대포인 어중이떠중이 이등변삼각형들은 아무 저항도 못해보고 찔려 죽습니다. 누구한테 죽는 줄 아십니까? 우두머리 동그라미가 이런 비상사태를 대비해 심어놓은 자기 동족들한테 찔려 죽는 것이지요. 또 자기들끼리의 질투와 의심 때문에 서로간의 싸움으로 번지게 되고, 결국엔 날카로운 예각으로 서로 찔러 죽이는 일은 더 흔합니다. 물론 그 질투와 의심도 동그라미 정당이 교묘하게 촉발시킨 것이지요. 우리나라의 연대기에는 235건의 소규모 폭동 외에도 120건 이상의 반란이 기록되어 있습니다. 그리고 다 그렇게 끝이 났습니다.

4
여성들에 관하여

꽤 뾰족한 삼각형인 군인계급이 무시무시하다면, 우리 여성들은 그보다 더욱 끔찍하리라고 금방 추측할 수 있겠지요? 왜냐하면 군인이 만약 끝이 좁아지는 삼각형 모양의 쐐기라고 한다면 여자는 적어도 양끝이 굉장히 뾰족한 바늘이기 때문입니다. 이른바 자기 의지에 의해 스스로를 보이지 않게 할 수 있는 힘이 거기에 더해진 다면, 여러분은 플랫랜드 여성이 결코 함부로 다룰 수 있는 존재가 아니라는 걸 알게 될 것입니다.

그러나 여기서, 독자 중에는 어떻게 플랫랜드의 여성이 자기를 보이지 않게 할 수 있냐고 물을 것입니다. 이것은 너무나 명백해서 설명이 필요 없으리라 생각됩니다. 그러나 아주 아둔한 사람을 위해 몇 마디만 하겠습니다.

탁자위에 바늘을 올려놓으십시오. 그리고 눈을 탁자 높이에 두고 그것을 옆으로 보면, 바늘 전체의 길이가 보입니다. 하지만 그것을 끝에서 보십시오. 그러면 여러분은 그저 하나의 점만을 보게 됩니다. 실제로는 거의 볼 수 없는 수준이지요. 우리의 여성도 바로 이렇습니다. 그녀의 측면을 우리 쪽으로 돌리면 우리에게는 직선으로 보입니다. 여성의 눈과 입(우리는 이 두 기관이 똑같습니다)이 있는 끝 부분을 우리 눈에 맞추면 여성은 매우 반짝이는 점으로만 보입니다. 그런데 여성의 뒤쪽으로 우리 눈을 맞추면, 그 뒤쪽 끝은 생명 없는 물체처럼 반짝이지도 않고 어두침침해서, 마치 요술 모자를 쓴 것처럼 거의 보이지 않게 됩니다.

아주 하찮은 이해력을 가진 스페이스랜드 사람이라 해도 우리가 이런 여성들 때문에 늘 위험에 노출되어 있다는 것을 이제는 분명히 알 수 있을 것입니다. 중간 계급의 존경받는 삼각형의 각이라 해서 전혀 위험하지 않은 것은 아닙니다. 노동자와 부딪치면 깊은 상처를 얻을 수 있습니다. 장교와 충돌하면 필연적으로 심각한 부상을 당합니다. 사병의 꼭짓점을 살짝 건드리기만 해도 치명적인 위험에 처할 수 있습니다. 그렇다면 여성과 부딪히면 어떻게 될까요? 즉각적이고 절대적인 파멸, 다시 말해서 즉사하는 것 말고 다른 게 있을까요? 그리고 여성이 눈에 보이지 않거나, 혹은 아주 어두침침해서 눈에 잘 띄지도 않는 점으로만 보일 때, 아무리 조심스러운 사람이라도 여성과의 충돌을 항상 피하기란 얼마나 어려운 일이겠습니까?

이 위험스러운 재난을 최소한으로 줄이기 위해 플랫랜드의 어떤 주에서는 많은 법령들을 만든 적이 있습니다. 그리고 남쪽으로의 인력이 강한 남부지방이나 덜 따뜻한 지역에서, 그리고 사람들이 우발적이고 무의식적인 행동을 하는 곳에서 여성에 대한 법은 훨씬 더 엄격하기 마련입니다. 그러나 전체적인 규약들은 다음과 같이 요약할 수 있습니다.

1. 모든 집은 여성들만을 위해 동쪽으로 문을 만들어야 한다. 이 문을 통해 여성들은 '상황에 어울리는 공손한 태도로'[4] 들어서야 한다. 그리고 남자들의 문이나 서쪽 문을 사용해선 안

---

[4] 내가 스페이스랜드에 있을 때 나는 당신들의 몇몇 성직자 집단이 동일한 방식을 구사한다는 것을 알았습니다. 즉 시민과 농민과 학교의 교사를 위한 입구가 따로 있었으며 그들은 '적절하고 공손한 태도로' 들어가야 했습니다.(Spectator, Sept. 1884, p. 1255)

된다.

2. 모든 여성은 공공장소에서 '평화의 소리' peace-cry를 내면서 걸어 다녀야 한다. 이를 위반하면 사형에 처한다.
3. 만약 어떤 여자가 무도병舞蹈病 ; St. Vitus's Dream, 발작, 격렬한 재채기를 동반하는 만성감기, 또는 무의식적 움직임을 유발하는 어떠한 병이라도 앓고 있다면 그 여성은 즉각 없애버려야 한다.

어떤 주에서는 별도의 부가적 법령을 제정하여, 여자들이 공공장소에서 자기 등을 좌우로 흔들지 않고 돌아 다녀서 다른 사람들이 여자가 있는지를 몰랐다면 그 여자는 사형에 처했습니다. 다른 주에서는 여자들이 여행할 때 꼭 자기 아들이나 노예, 또는 남편을 뒤에 동반해야 하다는 의무를 지우기도 했습니다. 또 다른 주들은 종교적인 행사 외에는 여자들을 아예 집안에 가두어 나다니지 못하게 했습니다. 하지만 이런 금지규약으로 인해 얻는 것보다 잃는 것이 더 많다는 것을 우리의 가장 현명한 동그라미인 정치가들은 알게 되었습니다. 여성에 대한 이런 구속의 증가로 인해 종족의 쇠퇴와 감소가 초래되었을 뿐 아니라 가정 내 살인을 증가시켰기 때문입니다.

집안에 감금시키거나 외출을 통제하는 것 때문에 여자들이 분노하여 그 분노를 남편이나 아이들에게 터뜨리는 경향이 있습니다. 기후가 따뜻하지 못한 지방에서는 한두 시간 사이에 동시다발적으로 일어난 여자들의 폭동으로 인해 마을의 남자인구가 반으로 줄어든 적도 있었습니다. 그러므로 위에서 언급한 3개의 규약은 좀 더 통제가 잘 된 지역에서나 통용되며 여성법의 대략적인 한 예로 여겨질 것입니다.

결국, 우리를 보호해 주는 것은 법이 아니라 여자들 자신의 이기심입니다. 왜냐하면 여자들은 자기들의 몸을 뒤로 움직여서 상대방을 단숨에 찔러 죽일 수도 있지만, 그런 경우에 여자들의 뾰족한 각에 찔려 몸부림치는 피해자들로부터 자기들의 뾰족한 끝을 금방 빼지 못하면, 여자들의 연약한 몸도 산산조각 나기 때문입니다.

우리에겐 유행도 위력을 발휘합니다. 앞에서 언급했듯이, 도시화가 별로 진행되지 않은 지역에서 여성이 공공장소에 서 있을 때는 항상 등을 좌우로 흔들고 있어야 합니다. 치안이 잘 된 주에서도 이 풍습은 요조숙녀인 척 하는 여자들 사이에서 널리 유행하고 있습니다. 우리가 기억할 수 있는 한 옛날부터 말입니다. 이는 기품 있는 여성들이라면 누구나 갖고 있는 자연적인 본능인데, 이를 정부에서 법으로 규제한다면 대부분의 지역에서는 모욕으로 간주할 것입니다. 단순히 시계추같이 등을 흔들 줄밖에 모르는 평범한 정사각형 부인들은 동그라미 숙녀들의 리듬감 있는 등 동작을 부러워하고 흉내 냅니다. 또, 아직은 등을 움직일 줄 모르지만 항상 신분 상승 욕구에 불타는 이등변삼각형 여자들은 정삼각형의 규칙적이기만 한 등 동작을 역시 부러워하고 흉내 냅니다. 따라서 그가 속한 지위와 관심사를 막론하고, 시간이 지남에 따라 '등 동작'이 모든 가정에 널리 보급되었습니다. 집안의 남편들과 자식들도 눈에 보이지 않는 공격으로부터 면역을 가지게 되지요.

그런데 우리 여성들이 감정이 부족하다고 생각해선 절대로 안 됩니다. 불행하게도 그 어떤 것보다 연약한 성(=여성)을 지배하고 있는 것은 열정입니다. 이는 그들의 불행한 처지로부터 나온 필연적 귀결이겠지요. 그들은 각에 대한 권리가 전혀 없기 때문에 이에 관한한 가장 지위가 낮은 이등변삼각형보다도 열등하지요. 그들은 지능도 매우 낮습니다. 그리고 반성적 능력이나, 판단력, 예지력이 없으며, 기억력도 거의 갖고 있지 않습니다. 그러므로 분노에 차서 발작을 일으키는 중에는, 어떤 것도 기억하지 못하고 구별하지 못합니다. 저는 한 여자가 집안 전체를 박살내 버리고 난 30분 후, 그러니까 모든 파편 조각들이 다 쓸려 나가고 그녀의 흥분이 가라앉은 후, 자기 남편과 아들이 어떻게 됐냐고 물어 본 어느 여자의 이야기도 들은 적이 있습니다.

따라서 분명한 것은 여자들이 자기 몸을 돌릴 수 있는 상황에서는 그녀들을 화나게 해서는 안 된다는 것입니다. 아파트는 여자들이 그런 파괴적인 힘을 발휘할 수 없도록 지어졌기 때문에, 여자들이 아파트에 있을 때 남자들은 자기가 하고 싶은 말이나 행동을 하는 것이 좋습니다. 왜냐하면 그때는 여자들에게 (몸을 돌려보아야 다른 사람을) 해칠 능력도 없기 때문입니다. 또 한때는 당신을 죽여 버리겠다며 협박하던 사건도 그로부터 몇 분 후에는 기억하지 못할 것이고, 여자들의 격분을 가라앉히기 위해 남자들이 했던 약속들도 기억하지 못할 것이기 때문입니다.

하층의 군인계급을 제외한 다른 사람들의 가정생활은 대체로 무난한 편입니다. 가끔 신중함이라든지 요령이 부족한 남편들 때문에 엄청난 재난을 당하기도 하지만요. 이 경솔한 자들(=남편들)은 세련된 감각과 적절한 통제력을 갖춘 방어적인 감각 기관에 의존하는 대신에, 자신들의 날카로운 예각의 공격 무기에 너무 많이 의존합니다. 그래서 여자들의 아파트에 대한 주거제한에 관하여 너무 소홀히 하고 있답니다. 또 아내들을 화나게 할 말들을 집밖에서 함부로 지껄이고는 그것을 취소하려고 하지도 않습니다. 더구나 액면 그대로의 사실에 대해 무뚝뚝하고 무관심 해서, 여자들로 하여금 달콤한 약속에도 싫증나게 만듭니다. 그것은 훨씬 사려 깊은 동그라미들이 잠시 자기 배우자들을 달래기 위해 유용하게 써먹을 만큼 달콤한 약속들인데도 말이지요. 결과는 어떻게 될 것 같습니까? 대학살이지요. 하지만 거기에 좋은 점이 전혀 없는 것은 아닙니다. 그건 잔인하고 문제만 일으키는 많은 이등변삼각형들을 없애주기 때문이지요. 그리고 많은 동그라미들은 뾰족한 성(=여성)에 의해 이렇게 제거됨으로써, 불필요한 인구를 억제하고 혁명의 싹을 초기에 짓밟아 버릴 수 있어서 그것을 아주 신성한 신의 섭리라고 주장한답니다.

가장 통제가 잘되고 동그라미에 가까운 가정에서도 가족생활의 이상이 여러분의 스페이스랜드같이 높다고 할 수는 없습니다. 살육이 없다는 것만으로도 평화스럽다고 말할 수 있겠지요. 하지만 각자의 취향이나 추구하는 바에 있어서는 거의 조화를 이루지 못하고 있습니다. 사려깊고 지혜로운 동그라미는 가정의 편안함을 희생하는 대신에 안전을 보장받고 싶어 했습니다. 모든 동그라미나 다각형의 가정에서 어머니와 딸들은 언제나 그들의 눈과 입을 남편과 남자 친구 쪽으로 하고 있어야 했습니다. 그것은 아주 오랜 옛날부터 내려오는 관습이었으며 요즘 상류 계급의 여성들에게는 거의 본능이 되어 버렸답니다. 그리고 명문가의 여성들이 남편에게 등을 돌리는 것은 '신분'을 박탈당하는 악행으로 여겨졌습니다. 그러나 내가 나중에 보여드리겠지만, 이런 관습은 안전의 장점도 있지만 단점이 없는 것은 아닙니다.

노동자나 덕망 있는 상인들의 집에서는 부인들이 집안일을 하기 위해서 남편에게 등을 돌릴 수 있습니다. 거기서는 아내가 보이지 않거나 들리지 않을 때, 계속 흥얼거리는 '평화의 소리' 말고는 아무 소리도 들리지 않는 조용한 순간이 있습니다. 그러나 상류계급의 가정에는 평화가 없는 경우가 많습니다. 그곳에서는 수다스러운 입과 번쩍이는 예리한 눈들이 언제나 집주인을 향해 있습니다. 어떤 빛이라 해도 여자들의 수다스러운 말보다 더 지속적이지는 않을 것입니다. 여성의 뾰족한 침을 피하는데 쓰이는 요령이나 기술도 여성의 입을 막는 데는 역부족입니다. 그래서 아내들이 끝 없이 지껄일 때, 그리고 그런 말을 삼가게 할 의식이나 지각, 위트 등의 구속력이 전혀 없을 때, 적지 않은 수의 냉소주의자들은 이렇게 말합니다. 날카로운 침만 없다면, 시끄러운 여자들의 수다를 듣는 안전함을 택하느니 차라리 시체를 다루는 위험을 택하겠노라고 말입니다.

스페이스랜드의 내 독자들에겐 우리네 여성의 처지가 굉장히 비참하게 보일지도 모르겠습니다. 그리고 그건 사실 그렇습니다. 가장 낮은 계급의 이등변삼각형 남자들도 자기 각도를 넓힐 수 있고, 비천한 자기 계급에서 궁극적으로는 벗어날 수 있는 미래를 기대합니다. 하지만 어느 여성도 그런 희망을 품을 수가 없습니다. '한 번 여자면 언제나 여자' 라는 것이 자연의 철칙이지요. 그리고 진화의 법칙은 여성을 무시하는 쪽으로 진행되는 것 같습니다. 여자들이 플랫랜드 체제의 가장 밑바닥을 이루는 필연적 존재라는 것은 여자들에게 아주 치욕적인 사실입니다. 여자들은 희망이 없기 때문에 자신들의 그러한 비참한 치욕을 기억할 수도 없고 그것을 예견한 통찰력도 없다는 것이 또한 여자의 운명이지요. 하지만 우리는 적어도 그렇게 운명을 결정짓는, 현명한 섭리^{prearrangement}는 인정해야 합니다.

5
서로를 알아보는 우리의 방법에 대해서

빛과 그림자의 축복을 받은 당신, 두 눈을 선물 받은 당신, 원근법이란 지식을 부여받은 당신, 여러 색을 즐길 수 있는 매력을 부여받은 당신, 각을 진짜로 볼 수 있는 당신, 그리고 3차원의 행복한 영역 안에서 동그라미의 완전한 원 둘레를 '바라볼 수 있는' 당신에게 어떻게 내가 플랫랜드에서 다른 사람들의 형태를 알아볼 때 겪는 우리의 어려움에 대해 설명할 수 있겠습니까?

위에서 내가 말한 것을 기억하십시오. 플랫랜드의 모든 존재들은 생물─무생물을 막론하고, 또 어떤 모양을 하고 있든지 상관없이, '우리 눈에는' 모두가 똑같거나 거의 똑같아 보입니다. 다시 말하면 직선으로 보입니다. 모든 것이 다 똑같아 보이는 상황에서 서로를 구별할 수 있을까요?

여기에 세 가지 방법이 있습니다. 서로를 알아보는 첫 번째 방법은 여러분들보다 훨씬 더 발달된 청각입니다. 그것은 목소리만으로도 우리 친구들을 구별할 수 있게 할 뿐만 아니라 다른 계급들도 구별할 수 있게 합니다. 이것은 적어도 정삼각형, 사각형, 오각형의 세 하층 계급에 대해서는 가능하지만, 이등변삼각형은 해당되지 않습니다. 하지만 사회 계급이 올라갈수록 듣는 것으로 구별하는 건 어려워집니다. 그것은 목소리들이 서로 동화되는 이유도 있고, 또 귀족들 사이에선 목소리로 구별하는 것이 천박한 재주로 간주되어 별로 발달하지 못했기 때문이지요. 그리고 위험한 사기와 술책이 있는 곳에서는 이 방법을 믿을 수가 없습니다. 우리의 가장 낮은 계급 사람들(이등변삼각형)의 발성기관은 딴 사람의 청각기관보다 더 발달되어 있습니다. 그래서 이등변삼각형들은 다각형의 목소리를 쉽게 가장 할 수 있고, 조금만 훈련하면 동그라미 목소리까지도 가능합니다.

두 번째 방법은 가장 많이 쓰이는 것입니다. '느낌'은 우리 여성들과 낮은 계급들 사이에서 가장 중요한 인식 방법입니다. 스페이스랜드의 상류 계급에서 말하는 '소개'라는 것은 우리의 '느낌'이라는 과정인 것입니다. "제 친구 아무개 씨가 당신을 느끼고 당신에 의해서 느껴질 수 있도록 허락해 주십시오." 도회지에서 멀리 떨어진 시골의 구닥다리 신사 분들 사이에서는 아직도 이런 말투가 통상적인 플랫랜드의 어법입니다. 하지만 도회지와 사업가들 사이에서는 '느껴지다'라는 말이 제외되고, 문장은 "아무개 씨를 느끼게 해주십시오"라고 단축됩니다. 하지만 물론 '느낀다'는 것은 상호적인 것이라고 생각되지요. 그보다 더 현대적이고 세련된 젊은 신사 분들은 (그들은 자기 모국어의 순수성에 대한 지나친 노력을 싫어하고 그런 것에 전혀 관심이 없는 사람들입니다) 말을 더 축약합니다. 그래서 '느낀다'는 말은 기술적 의미에서 '느끼고 느껴지려는 목적을 위해 추천한다'는 뜻으로 사용됩니다. 그리고 이 시점에서 공손하고 바쁜 상류계급 사람들은 일상적으로 이렇게 표현합니다. "스미스 씨. 존스 씨를 느껴보세요."

하지만 여러분들은 우리의 '느낌'이 여러분들의 그것처럼 따분하거나, 또 개개인의 모든 부분을 다 만져보아 그 사람이 어떤 계급에 속한다는 것을 아는 방법이라고 생각하지 마시기 바랍니다. 학교는 물론 일상생활에서 오랫동안 수행한 훈련과 경험을 통해, 우리는 정삼각형, 사각형, 그리고 오각형의 각을 만져 보아서 금방 구분할 수 있습니다. 그리고 말할 필요도 없지만, 무식한 이등변삼각형의 날카로운 꼭지각은 살짝 스치기만 해도 알 수 있지요. 따라서 대체적으로 개인의 각을 한 가지 이상 만질 필요가 없습니다. 일단 확인하면 그것으로 우리가 대하고 있는 사람의 계급을 알 수 있습니다. 그가 최상류층의 왕족이 아니라면 말입니다. 귀족계급을 알아보는 데는 더 큰 어려움이 있습니다. 웬트브리지Wentbridge 대학에서 석사학위를 받은 사람도 십각형과 십이각형을 혼동한 적이 있다고 합니다. 그 유명한 대학을 통틀어도 십각형과 십이각형 귀족을 단숨에 구별할 수 있는 박사는 거의 없습니다.

여성에 대해서 내가 위에서 발췌한 규약을 기억하시는 독자 분들은 접촉을 통해 소개하는 과정에서 상당한 신중함과 분별력이 요구된다는 것을 금방 알 수 있을 것입니다. 그렇지 않으면 날카로운 각들은 경솔하게 '느끼는 자' the feeler에게 치명적인 상처를 입힐 수도 있습니다. '느끼는 자'의 안전을 위해서는 '느껴지는 자' the felt는 절대로 움직여서는 안 됩니다. 움직임은 물론, 아주 작은 자세의 변화, 이를테면 심한 재채기까지도 경솔한 자들(느끼는 자들)에게는 치명적입니다. 그것은 이제 막 돋아나려는 우정의 싹을 가차 없이 잘라버린다고 옛날부터 알려져 있고 지금은 확인되었습니다. 이것은 특히 하류계층의 삼각형들 사이에서 그렇습니다. 그들의 눈은 꼭짓점에서 너무나 멀리 떨어져 있기 때문에, 그들은 자기 몸의 맨 끝에서 어떤 일이 일어나는지 거의 인식하지 못합니다. 거기다가 그들은 본질적으로 조잡하기 때문에 고도로 조직화된 다각형의 섬세한 접촉에는 민감하지 못합니다. 만약 무심코 머리를 살짝 젖히는 행동만으로 소중한 목숨을 잃는다면 이 얼마나 슬픈 일이겠습니까?

제 할아버지께서는 불규칙한 이등변삼각형 계급 중에서는 가장 덜 불규칙한 분이셨습니다. 돌아가시기 얼마 전, 보건부와 사회부에서 그분을 정삼각형 신분으로 상향조정하는 문제에 대해 표결을 했는데, 전체 7표 중 4표를 받으셨을 만큼 훌륭하신 분입니다. 그 존경스러운 분께서 고조할아버지께서 범했던 실수에 대해 눈물을 흘리시며 통탄해 하시는 것을 본 적이 있습니다. 그분 설명에 따르면, 59도 30분의 각(다시 말해서, 뇌)을 가지셨으며 덕망 있는 노동자였던 나의 불행한 조상은 신경통으로 오래 고생하셨다고 합니다. 그런데 (치료를 위해) 다각형에게 '느껴지는' 동안 갑자기 움직여서, 그 위대한 분(=다각형)을 그만 날카로운 각으로 푹 찔러버렸다고 합니다. 그것 때문에 우리 가문은 1도 30분이나 각도가 좁아지는 몰락을 맞아야 했습니다. 그것은 일부 그분의 긴 감옥 생활 때문이었고, 또 일부는 내 선조의 친척 전체로 퍼진 도덕적인 충격 때문이기도 했지요. 그 결과 그 다음 세대에 우리 가문의 두뇌(각도)는 겨우 58도로 기록되었습니다. 5세대가 지난 후에야 잃었던 각도를 찾을 수가 있어서, 간신히 60도가 되었습니다. 이등변 삼각형에서 정삼각형으로의 신분상승이 드디어 이루어진 것이지요. 이 모든 연속된 재난은 '느낌'의 과정에서 일어난 작은 실수의 엄청난 결과입니다.

지금 이 시점에서 고등교육을 받은 나의 독자들이 이렇게 외치는 소리가 들리는 듯하군요. "플랫랜드에서 당신들이 어떻게 각이니, 도니, 분이니 하는 것을 알 수가 있나요? 우리는 3차원 공간에서 살고 있으니까 각을 볼 수도 있고 두 개의 직선이 서로를 향해 기대있는 것을 볼 수도 있어요. 하지만 당신들이 어떻게 각을 분간하며, 그뿐 아니라 다른 크기의 각을 기록까지 할 수 있습니까? 한 번에 직선 하나밖에 못 보거나 어떤 때는 직선의 어느 일부분밖에 볼 수 없는 당신들이 말이에요."

나는 이렇게 대답합니다. 우리는 각을 '보지는' 못해도 '추측할' 수 있습니다. 그것도 아주 정확하게 말입니다. 필요하면 자극 되고, 긴 훈련에 의해 발달된 우리의 촉각은 각을 측정하지는 못해도 (여러분들의 시각보다 훨씬 정확하게) 각을 구별할 수 있습니다. 우리에겐 위대한 대자연의 도움이 있다는 것을 빠뜨려선 안 되겠군요. 이등변삼각형 계급의 두뇌(=각도)가 0.5도, 즉 30분에서 시작해서 각 세대마다 30분씩 증가한다는 것이 우리의 자연법칙입니다. 노예 상태에서 벗어나 규칙도형의 자유로운 계급에 도달할 때까지, 즉 60도가 될 때까지 말입니다.

결과적으로 대자연은 0.5도부터 60도까지 잴 수 있는, 여러 각도의 치수를 제공하고 있습니다. 그 견본Specimen ; 기묘한 사람이란 뜻도 있음은 전국의 초등학교에 배치되어 있습니다. 가끔 있는 퇴보, 그보다 더 자주 있는 도덕적 지적 정체, 그리고 범죄자와 건달들의 엄청난 번식력 때문에, 언제나 0.5도나 1도 집단의 수가 과다하게 많습니다. 또 10도까지의 견본들도 엄청나게 많습니다. 그들은 시민적인 권리가 전혀 없습니다. 그리고 전쟁을 할 수 있을 정도의 지능도 갖추지 못했습니다. (다른 상류층의) 교육 목적을 위해 그들 중 많은 수를 국가에서 맡고 있습니다. 그들은 움직일 수 없게 족쇄가 채워져서 안전한 상태로 유치원 교실에 배치됩니다. 그리고 교육위원회에서 그들을 활용합니다. 그들이 전혀 갖추지 못한 지적능력이나 기능을 중류계급의 자녀들에게 나누어 주기 위해서….

어떤 주에서는 이 견본들에게 가끔 먹이(!)를 주어 몇 년씩 살아 있게 하는 고통을 줍니다. 하지만 더 온화하고, 통제가 더 잘 되고 있는 지역에서는 장기적으로 볼 때 먹이를 주지 않다가 한 달에 한 번 (범죄계급은 음식 없이도 평균 한 달은 견딜 수 있다고 합니다) 새로운 견본을 얻는 것이 아이들 교육에 더 좋다고 합니다. 더 값싼 시스템의 학교에서는 견본의 오랜 생존을 통해 얻을 수 있는 것이 없습니다. 부분적으로 음식비의 지출 때문입니다. 또 다른 이유는 연속적인 '느낌' 으로 인해 각이 많이 약해져서 각도의 정확성이 줄어들었기 때문입니다. 하지만 좀 더 비싼 시스템에서는 매달 새로운 견본을 취함으로써 이등변삼각형의 과잉인구를 감소시키는 장점도 있다는 것을 잊어서는 안 됩니다. 이것은 플랫랜드의 모든 정치가들이 항상 가슴에 두고 있는 것입니다. 여러 교육위원회의 표결 결과를 볼 때, '저렴한 시스템' 이 더 선호되고 있다는 것을 알 수 있었습니다. 하지만 그렇다 해도 나는 지출을 늘리는 것이 전체적으로는 오히려 더 경제적임을 보여주는 사례가 바로 이 경우라고 생각합니다.

하지만 학교위원회의 정치적인 문제 때문에 내가 말하려는 것이 방해받아서는 안 되겠습니다. 느낌으로 알아보는 것이 보기와는 달리 결코 그렇게 지루하거나 불투명한 것이 아니라는 것을 충분히 말한 것 같습니다. 그리고 그것은 당연히 청각으로 알아보는 것보다 훨씬 믿을 만하지요. 하지만 위에서도 말한 것과 같이 이 방법도 위험이 전혀 없는 것은 아닙니다. 그런 이유로 해서 대부분 중하류 계급의 모든 다각형 및 동그라미 계급에서는 세 번째 방법을 선호합니다. 다음 장에서 이에 대해 자세히 설명하겠습니다.

6
시각을 통한 인식법에 대하여

나는 이제 곧 모순된 이야기를 하려고 합니다. 앞부분에서 나는 플랫랜드의 모든 도형들은 직선으로 보인다고 했습니다. 그 말은 곧 시각을 통해서는 다른 계급 사람들을 구분할 수 없다는 뜻입니다. 하지만 지금 나는 스페이스랜드의 비평가들에게 어떻게 우리가 시각으로 서로를 알아볼 수 있는지 설명하려 합니다.

하지만 앞에서 느낌을 통한 인식법이 보편적이라고 말한 것을 기억하는 독자들은 그것이 '하층계급에 한해서'라는 단서가 붙는다는 것도 알아야 합니다. 시각을 통한 인식법은 상류계급과 따뜻한 지방에 한해서만 사용되는 것입니다.

지역과 계급을 막론하고 이것이 가능한 것은 안개 때문입니다. 일 년 중 대부분이 굉장히 더운 지역을 제외하고 안개는 모든 곳에서 볼 수 있습니다. 여러분들의 스페이스랜드에서는 경치를 흐리게 하고, 사람을 축 처지게 하고 건강을 허약하게 하는, 순전한 해악이겠지요. 하지만 우리나라에서는 공기와 같은 축복이며, 예술의 보호자이며, 과학의 아버지로 여겨지고 있습니다. 하지만 이 은혜로운 요소(=안개)를 찬미하는 것은 그만두고, 이제 앞에서 이야기한 내 말 뜻을 설명해 보겠습니다.

만약 안개가 없다면 모든 선들은 똑같이 보였을 것이며 구별할 수 없을 만치 투명했을 겁니다. 공기가 건조하고 투명하면서 불행한 나라에서는 정말 그랬습니다. 하지만 안개가 많이 끼는 모든 지역에서는 멀리 떨어져 있는 (이를테면 3피트$^{91.4cm}$ 떨어져 있다고 합시다) 사물들은 2피트 11인치$^{88.9cm}$ 떨어져 있는 사물들보다 훨씬 희미하게 보일 것입니다. 그리하여 그 희미함과 투명함을 오래도록 조심스럽게 비교하고 실험 관찰함으로써 마침내 우리는 관찰 대상의 형태를 정확하게 추론할 수 있는 것입니다.

좀 더 정확하게 이해시키려면 백 번 설명하는 것보다 예를 하나 드는 것이 좋겠지요.

어떤 두 사람이 내게로 다가오고 있는데 그들의 계급을 파악하고 싶다고 합시다. 한 사람은 상인 그리고 다른 하나는 의사라고 해둡시다. 즉 정삼각형과 오각형인 것이지요. 제가 어떻게 그들을 구분할 수 있을까요?

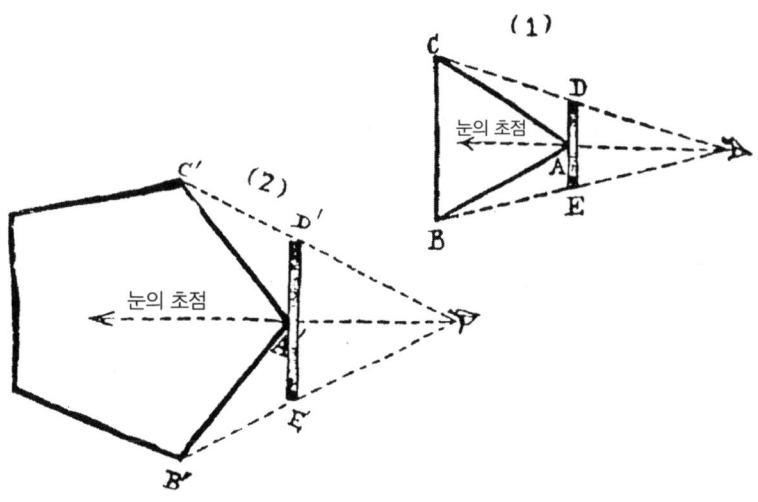

기하학에 대하여 조금이라도 배웠다면 스페이스랜드의 아무리 어린 아이도 이것을 알 수 있겠지요. 만약 나를 향해 오고 있는 이 방인의 각 A를 정확하게 반으로 자를 수 있는 위치에 내 눈을 둔다고 해봅시다. 내 시야는 바로 내 앞에 있는 그의 두 변, 다시 말하면

변 AC와 변 AB로부터 똑같은 거리에 있게 되고, 그 결과 두 변을 공평하게 볼 수 있기 때문에 양 쪽은 똑같은 길이로 보일 것입니다.

자, 그러면 (1)번 상인의 경우, 내가 보는 것은 무엇일까요? 직선 DAE를 보게 됩니다. 중간점 A가 가장 가까우니까 가장 밝겠지요. 그리고 양 변의 선들은 희미해지겠지요. 왜냐하면 변 AC와 AB는 '안개 속으로 급속히 들어가기' 때문입니다. 그리고 상인의 양 끝점인 D와 E는 내겐 정말 희미하게 보이지요.

한편 (2)번 의사의 경우, 내가 보는 것은 무엇일까요? 역시 밝은 중심 A와 함께 선(DAE)을 보게 되지요. 하지만 두 변(AC'와 AB)은 '좀 더 완만하게 안개 속으로 들어가기' 때문에 '좀 더 완만하게 희미해'지게 됩니다. 의사의 양 끝점으로 보이는 D와 E도 상인의 양 끝점보다는 덜 희미하게 보일 테지요.

이 두 가지 예를 통해 여러분들은 이제 이해하셨을 것입니다. 오랜 경험과 훈련을 거쳐서, 우리들 중에 특히 고등교육을 받은 사람들은 시각을 통해 중간계급과 상류계급 사람들을 꽤 정확하게 구별할 수 있다는 것을 말입니다. 만약 스페이스랜드의 내 후원자들이 시각인식법의 일반적인 개념을 파악했다면 내 기대는 이루어졌다고 할 수 있습니다. 내가 더 상세히 들어가면 더욱 혼란스러울 뿐입니다. 하지만 위의 두 가지 예를 보고, 그러니까 내 아버지와 내 아들을 구별하는 방법을 보고서, 시각구별이 아주 쉬울 것이라고 생각하면 곤란합니다. 그렇게 생각하는 경험 없고 나이 어린 분들을 위해 실제 생활에서는 시각을 통한 인식이 훨씬 복잡하고 미묘한 것이라고 말할 필요가 있을 것 같군요.

예를 들어 만약 내 아버지께서, 즉 정삼각형이 그분의 각을 보이는 대신 옆면을 보이면서 내게 다가오신다면 나는 아마도 그분을 여자(=직선)로 착각하기 쉬울 것입니다. 그분께 옆으로 돌려보라고 부탁하거나, 내 시선을 그 분의 옆으로 돌리기 전까지는 말입니다. 그리고 또 육각형인 내 두 손자들과 같이 있을 때 그들의 한 변(AB)만을 보고 있으면, 나는 비교적 밝은 (양 끝이 거의 그림자가 지지 않는) 오직 한 선을 보게 되지요. 그리고 더 짧은 두 선(CA와 BD)은 갈수록 희미해지다가 양 끝점인 C와 D는 더욱 더 희미해질 것입니다.

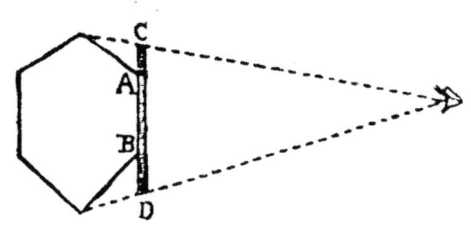

그러나 이런 문제를 너무 상세히 말하고 싶은 유혹에 넘어가서는 안 되겠지요. 아무리 보잘 것 없는 스페이스랜드의 수학자라도 기꺼이 믿을 것입니다. 내가 우리 고등교육을 받은 사람들이 직면한 인생 문제에 대해 이야기하는 것들 말입니다. 그것은 고등교육을 받은 사람들이 몸을 돌리거나, 앞으로 나아가거나, 뒤로 물러서는 행동을 할 때의 문제입니다. 동시에 상류계급의 수많은 다각형들이, 이를테면 연회장이나 좌담회장같이 각기 다른 방향으로 움직일 때, 시각인식법을 통해서 그들을 구별해야 할 경우에도 마찬가지 입니다. 그때에 최고 수준의 날카로운 지성을 최대한 발휘해야 합니다. 또 웬트브리지 대학은 시각인식의 기술과 과학을 국가의 많은 '엘리트' 계급에게 정규적으로 교육시키고 있는 명문 대학인데, 그 유명한 대학의 박학다식한 기하학 교수가 얼마나 자질이 우수한 지도 널리 확인시켜 줍니다.

이 귀중하고 훌륭한 기술을 철저하게 수행하기 위해, 그에 필요한 돈과 시간을 투자할 수 있는 사람은 최상류층 귀족의 자손이나 부자들 중에서도 극소수입니다. 몸을 마구 움직이는 상류계급 다각형의 무리 속에 있으면 가끔 나도 당황스러울 때가 있습니다. 최소한 보통 이상의 지위에 있는 수학자인 내가, 아주 전도유망할 뿐 아니라 거의 완벽한 두 육각형의 할아버지인 내가 말입니다. 그러니 평범한 상인이나 노예에게 이런 광경들은 당연히 거의 이해할 수 없을 것입니다. 여러분들이 갑자기 우리나라로 왔을 때 느끼는 것처럼 말이지요.

이런 무리(=다각형 집단) 속에서는 어느 쪽을 봐도 직선만이 보일 것입니다. 겉으로 보기에는 직선이지만 각 부분들이 불규칙하게 변하고 명암(밝음과 희미함)도 시시각각 변하겠지요. 여러분이 대학에서 오각형이나 육각형들과 3년을 같이 배웠고 이 시각인식법의 이론을 완벽하게 습득했다 해도, 혼잡한 무리 속에서 상류층 사람들과 서로 부딪치지 않고 잘 이동하려면 수년간의 경험이 더 필요하다는 것을 알게 될 것입니다. 상대를 '느낀다'는 것이 예의상 어긋나기 때문에 (그렇게 할 수 없어서) 당신은 상류층 사람에 대해 거의 알지 못하지만, 그들은 더 세련된 교양과 훈육 덕분에 (시각인식만으로도) 당신의 움직임을 속속들이 알고 있기 때문입니다. 한 마디로 말해, 다각형의 완벽한 속성에 익숙해지려면 다각형이 되는 수밖에 없습니다. 이것은 내 경험을 통해 알게 된 뼈아픈 교훈입니다.

지속적인 훈련을 통해서, 그리고 '느낌'의 관습을 회피함으로써, 거의 본능이라고 할 수 있는 시각인식법이 굉장히 발달되었다는 것은 참으로 놀라운 일입니다. 만약 스페이스랜드의 귀머거리들과 벙어리들이 이 수화手語나 점자點字를 사용해도 된다면, 그들은 절대로 더 어렵지만 더 소중한 시화視話, lip-speech & lip-reading : 입술 움직임으로 말하고 그 의미를 파악하는 것를 익히지 못할 것입니다. 우리에게 '느끼는 것'과 '보는 것'도 마찬가지입니다. 어릴 때 '느끼는 것'을 배운 아이들은 '보는 것'을 결코 완벽하게 익힐 수 없지요.

이런 이유 때문에 우리 상류사회에서는 '느낌'이 제한되거나 완전히 금지됩니다. 그들은 (느끼는 방법을 가르치는) 공립 초등학교에 보내지는 대신에 요람에서부터 특수학교로 보내집니다. 그리고 우리네 명문 대학교에서는 '느낌'이 가장 심각한 죄로 여겨져서 초범이면 정학, 두 번째는 퇴학입니다.

하지만 시각을 통한 인식법이 하층계급 사이에서는 가당치 않은 사치로 여겨지기도 합니다. 일반 상인들은 그의 아들이 그런 추상적인 공부를 위해 삶의 1/3을 허비하도록 놓아둘 여유가 없습니다. 따라서 가난한 집 아이들은 어릴 때부터 '느끼도록' 허락받으며, 그래서 훨씬 조숙하고 활기차 보입니다. 이것은 약간 둔하고, 발달이 늦되며, 게으르기까지 한 다각형 계급의 아이들과 비교해 볼 때 처음에는 더 좋을지 모릅니다. 하지만 상류계급의 아이들이 대학과정을 끝마치고 그들의 이론을 실제 상황에 적용하게 될 때, 그들이 보여주는 변화는 거의 새로운 탄생이라고 표현할 만합니다. 그리고 어떤 예술이나 과학, 그밖에 사회적인 추구에서도 그들은 삼각형 경쟁자들을 완전히 따돌릴 수 있게 됩니다.

다각형 계급 중에서 극소수만이 대학 졸업시험에서 낙제를 합니다. 그 성공하지 못한 소수의 상황은 참으로 비참합니다. 상류계급에서 거절당한 그들은 하류계급에서도 경멸당합니다. 그들은 학사나 석사가 없는 것은 물론, 성숙하고 체계적으로 훈련받은 다각형들의 능력도 없으며, 그렇다고 젊은 상인들 특유의 조숙함이나 재빠른 융통성도 없습니다. 공직에 나서기도 어렵습니다. 모든 주에서 그들의 결혼이 법적으로 금지된 것은 아니지만, 그들이 적당한 배우자를 찾기는 무척 힘듭니다. 긍정적인 방향으로 돌연변이가 일어나지 않는 한, 이렇게 불행한 부모의 후손들도 역시 불행하다는 사실은 수많은 경험을 통해 다들 잘 알기 때문입니다.

과거 큰 폭동과 소요의 주동자들은 귀족으로부터 낙오된 바로 이 기묘한 견본Specimen들입니다. 그것으로 인한 폐해가 굉장했기 때문에, 점차 늘어나고 있는 소수의 진보적인 정치인들은 주장했습니다. 대학 졸업시험에서 떨어진 자들을 무기징역에 처하거나 고통 없이 죽이는 것이 그들에 대한 진정한 자비이며, 그런 경우에야 비로소 모든 저항을 완전히 진압할 수 있다고.

그런데 지금 주제가 불규칙도형의 이야기로 자꾸 빠지고 있군요. 이런 중요한 주제는 따로 한 장을 할애해야겠습니다.

7
불규칙 도형에 관하여

앞에서 이야기할 때는 모든 플랫랜드 사람들이 규칙도형이라고 가정했습니다. 그러니까 모두 정상적인 구조를 가졌다는 것이지요. 아마도 이것은 처음부터 기본적인 전제였어야 했습니다. 제 말은 여성은 단순한 선이 아니라 직선이어야 하고, 기능공이나 군인은 두 변이 같아야 하고, 상인들은 세 변이 같아야 하며, 하찮은 내가 속한 계급인 변호사들은 네 변이 같아야 하고, 모든 다각형은 일반적으로 모든 변이 같아야 한다는 뜻입니다.

변의 길이는 물론 개인의 나이에 따라 다릅니다. 금방 태어난 여성은 약 1인치2.54cm 정도의 길이이고, 키 큰 여성은 1피트30.48cm 까지 뻗어나갈 수도 있습니다. 모든 계급의 남성들이 성인되었을 때 길이는 총 2피트60.96cm 정도이거나 혹은 그것보다 조금 더 됩니다. 하지만 변의 길이가 내가 생각하고 있는 주제는 아닙니다. 나는 변의 '동일함'을 얘기하고 있는 것입니다. 그리고 깊이 생각하지 않아도 플랫랜드의 사회생활은 기본적인 사실에 기초한다는 것을 알 수 있을 것입니다. 기본적 사실이란, 대자연의 법칙에 따라 모든 도형의 변은 똑같아야 한다는 것이지요.

만약 우리의 변들이 똑같지 않다면 우리의 각들도 서로 다를 것입니다. 또 한 개인의 형태를 알기 위해 하나의 각을 느끼거나 보는 것만으로는 충분하지 않고, 모든 각을 느껴보는 실험을 통해서 형태를 확인해야했을 것입니다. 하지만 이런 지루한 짓을 하기에 삶은 너무 짧습니다. 시각인식의 모든 과학과 기술은 금방 소멸될 것입니다. 느낌(을 통한 인식)은, 그것이 기술인 한, 오래 가지 못할 것입니다. 상호간의 교제는 아주 위험하고 불가능하게 될 것입니다. 모든 신뢰나, 미래에 대한 모든 통찰력은 끝이 날 것입니다. 아주 간단한 사교상의 행사를 준비한다고 해도, 안전한 사람은 아무도 없을 것입니다. 한 마디로, 문명은 야만의 상태로 퇴보할 것입니다.

내가 지금 너무 자명한 결론으로 독자 여러분을 급하게 몰고 있나요? 잠깐 동안 생각해 보고, 평범한 생활의 한 예를 들어보기만 해도, 우리의 사회 체제는 규칙성, 혹은 각의 동일함에 기초한다는 사실을 수긍할 것입니다. 예를 들어 여러분이 두 세 명의 상인을 길거리에서 만났다고 합시다. 여러분은 그들의 각과, 급격히 희미해지는 변을 보고, 단숨에 그들이 상인임을 알아봅니다. 그리고 점심 식사에 초대합니다. 성인 삼각형이 보통 1인치나 2인치 정도의 면적을 갖고 있다는 것을 알기 때문에, 여러분은 자신 있게 초대하겠지요. 하지만 그 상인이 규칙적이고 존경스러운 그의 꼭짓점 뒤로 12인치30.48cm 혹은 13인치33.02cm 정도의 평행사변형 몸체를 이끌고 들어온다고 생각해 보십시오. 여러분의 문에 꽉 끼여 있는 이 괴물을 어떻게 하시겠습니까?

그런데 내가 지금 너무 세세한 사항들을 열거함으로써, 지적인 나의 독자들을 모욕하고 있는 것 같습니다. 이런 것들은 스페이스랜드에서 거주하는 특권을 지닌 여러분들에겐 너무 자명한 사실들일 테니까요. 당연히 그런 안 좋은 상황에서는 하나의 각만을 측정하는 것으로는 충분하지 않을 것입니다. 잘 아는 지인知人의 둘레 길이를 조사하거나 느끼는 데에 한 사람의 인생을 소비하게 될 것입니다. 고등교육을 받은 현명한 정사각형에게도, 군중 속에서 충돌을 피하는 것은 이미 어렵고 부담스러운 일이 되고 있습니다. 하지만 무리 속에 어느 도형의 불규칙성에 대해 전혀 계산하지 못하면, 모든 것은 혼돈과 혼란에 빠질 뿐입니다. 그리고 약간의 공황 상태만 되어도 심각한 부상자를 낳게 될 것입니다. 또는 만약 여성이나 군인이 그 자리에 있었다면 아마도 상당한 인명 피해가 있을 것입니다.

그러므로 형태의 규칙성에 승인도장을 찍으면 모든 것이 자연스럽게 해결됩니다. 법 역시 그들의 노력을 후원했습니다. '도형의 불규칙성'은 여러분들의 비행이나 범죄와 같은 뜻을 지니며 그에 따라 다루어집니다. 기하학적 불규칙성과 도덕적 불규칙성은 필연적 관계가 있는 것이 아니라고 주장하는 자들이 간혹 있습니다. 그들은 이렇게 말합니다. "불규칙 도형은 태어날 때부터 부모들로부터 업신여김을 받고 형제자매들로부터 바보취급을 당하는 등 가정에서부터 소홀히 대접받았을 뿐만 아니라, 사회로부터 비웃음 당하고 의심받으며 모든 의무와 신뢰, 그리고 유용한 활동에서 배제되어 왔습니다. 나이가 자라서 검사받을 때까지, 그들의 모든 행동은 경찰들에게 빈틈없이 감시당합니다. 그리고 만약 정해진 편차의 한계를 넘은 것으로 확인되면 그들은 제거됩니다. 그렇지 않으면, 제7계급의 점원으로 정부기관에 감금당하게 됩니다. 그들에게는 결혼도 허락되지 않으며, 또 아주 비참한 정도의 급료를 받으면서 고되고 재미없는 일을 계속해야 합니다. 먹고 자는 것도 그 기관 내에서 해야 합니다. 휴가조차도 엄중한 감독 아래서 보내야 합니다. 아무리 선하고 순수한 인간의 심성이라 해도 이런 환경에서 사악하게 변하는 것은 당연하지 않습니까?

한 마디로, '불규칙 도형들에 대한 관용은 나라의 안전과 양립할 수 없다'고 원천적으로 규정해버린 것은 우리 조상들의 실수라는 논리가 있습니다. 그러나 이 매우 그럴듯해 보이는 논리는 나를 설득시키지 못했습니다. 가장 현명한 우리의 정치가들을 설득시키지 못한 것처럼 말입니다. 분명히 불규칙 도형들의 삶은 매우 고통스럽습니다. 하지만 다수의 안녕을 위해 그것은 어쩔 수 없습니다. 만약 앞모습은 다각형이고 뒷모습은 삼각형인 자의 존재가 허락되고, 더 많은 불규칙 도형들이 번성해야 한다는 주장이 허용된다면, 우리 생활의 모든 기술은 어떻게 되겠습니까? 플랫랜드의 집들과, 문들과 교회들이 이런 괴물들을 수용하기 위해 바뀌어야 할까요? 우리의 매표소 직원이 사람들을 극장이나 강연장으로 들여보내기 전에 그들 모두의 둘레를 측정해야 합니까? 또 불규칙 도형들은 군대를 면제 받아야 합니까? 만약 면제 받지 못해 군대에 가면, 그가 일렬로 서 있는 동료들의 줄로부터 삐져나오는 것을 어떻게 막습니까? 또한 그 불규칙 피조물들이 사기 쳐서 부당이익을 취하려는 어떤 불가항력적 유혹에 빠지기란 얼마나 쉽겠습니까? 다각형 모양을 한 그의 앞모습으로 가게에 들어가서는, 잘 믿는 상인으로부터 물건을 주문하기는 얼마나 쉽겠습니까? 흔히 박애주의자인 척하는 무리들이 불규칙도형의 처벌법을 폐지하자고 주장합니다. 하지만 나는 불규칙 도형들이 자신들의 천성에서 벗어나는 것을 보지 못했습니다. 결국 그들은 위선자, 인간혐오자, 그리고 모든 환란의 주동자였던 것입니다.

몇몇 나라에서는 정상적인 각도로부터 0.5도 정도 어긋나 있는 어린이도 출생단계에서 모두 없애 버린다고 합니다. 나는 (지금 현재로서는) 그런 나라에서 채택되고 있는 극단적인 방법을 추천하고 싶지는 않습니다. 몇몇 상류층의 가문 좋고 능력 있으며 정말 천재적인 사람들 중에는 대략 45분 정도 어긋났다고 해서 어린 시절을 힘들게 보냈던 사람이 있습니다. 만약 그때 (불규칙하다고 해서) 그 귀한 생명을 없애 버렸다면, 그것은 국가적으로도 돌이킬 수 없는 손실이었을 것입니다. 도형을 압축하고 확장하고 접합하고 이식하는 외과 수술에서의 눈부신 치료 성과 덕분에, 불규칙도형들은 부분적으로 혹은 완전히 치료되었습니다. 따라서 중용의 입장을 취해서 나는 어떤 고착된 절대적인 구획선을 긋지 않겠습니다. 하지만 도형의 틀이 막 짜이는 시점(=출생 시점)에, 그리고 의료위원회에서 회복 불가능하다고 보고되는 시점에, 불규칙 도형의 후손들이 고통을 느끼지 않도록 자비롭게 제거해야 한다고 주장하는 바입니다.

고대의 채색풍속에 관하여

만약 독자들이 나를 따라 여기까지 관심을 기울여 왔다면 플랫랜드에서의 생활이 다소간 단조롭다고 말한다고 해도 별로 놀라지 않을 것입니다. 물론 그렇다고 해서 여기에 전쟁이나 음모, 분규, 갈등, 그리고 그밖에 역사가들의 흥미를 끌만한 다른 현상들이 없다는 것은 아닙니다. 또한 인생의 문제와 수학적 문제들이 기묘하게 섞이면, 그에 대해서 추측을 하고 이어서 즉각적으로 증명할 수 있을 때, 당신네 스페이스랜드 사람들은 거의 이해할 수 없는 짜릿

함을 우리는 맛볼 수 있습니다. 내가 지금 우리의 삶이 따분하다고 말할 때 그것은 미학적, 예술적 관점에서 그렇다는 것입니다. 사실 미학적으로, 예술적으로는 대단히 따분합니다.

모든 사람의 풍경과 경치, 역사적 유물, 초상화, 꽃, 정물 등이 그저 밝고 흐릿한 변화만 있을 뿐 하나의 선이라고 할 때 어떻게 따분하지 않다고 말할 수 있겠습니까?

하지만 항상 그렇지만은 않았습니다. 만약 옛 전통이 말하는 것이 사실이라면, 6세기 동안 지속되었던 색채는 옛날 우리 조상들의 삶에 다채로운 변화를 가져다주었습니다. 단순한 색상의 구성요소와 초보적인 회화작법을 발견한 몇몇 개인들은 (어떤 오각형은 여러 가지 이름을 가졌던 것으로 전해지는데) 처음에는 자신의 집을 장식하고 이어서 자신의 노예들과 아버지, 아들, 손자 그리고 결국에는 자신까지 장식했던 것으로 전해집니다. 그 결과물이 아름다웠을 뿐만 아니라 편리했기 때문에, 그는 모든 사람들에게 이것을 권했습니다. 크로마티스테스Chromatistes, 색채환각가 (가장 권위있는 그의 이름입니다) 다채롭게 장식할 때마다 그는 주목받았고 찬사를 받았습니다. 이제 아무도 그를 '느낄' 필요가 없었습니다. 아무도 그의 뒷모습을 보고 앞모습을 오해하지 않았습니다. 그의 모든 움직임은 복잡하게 추론하고 계산하지 않고도 이웃들에 의해 즉각 확인되었습니다. 아무도 그를 밀치거나 길을 막지 않았습니다. 무지한 이등변삼각형의 무리 한가운데서 우리같이 색깔 없는 정사각형과 오각형이 움직이려 할 때, 우리의 존재를 알리려고 고함치는 기진맥진한 노력들을 덜어주었습니다.

그 유행은 들불처럼 번져나갔습니다. 한 주 이내에 그 지역의 모든 정사각형과 삼각형들은 그 크로마티스테스를 모방했고, 오직 소수의 보수적인 오각형만이 배척했습니다. 한두 달 후에는 십이각형까지 이런 혁신에 감염되었음이 드러났습니다. 한해가 지나기 전에 이 관습은 최상류의 귀족계급에까지 퍼졌습니다. 말할 필요도 없이 이 관습은 곧 크로마티스테스의 지역을 다른 지역과 구별되게 하였습니다. 그리고 두 세대가 지나자 플랫랜드에선 여자와 종교인을 빼고는 색깔 없는 사람은 볼 수가 없었습니다.

여기에서 자연의 법칙은 이러한 혁신이 두 계급에게까지 확산되는 것을 막았습니다. 변이 많아야 한다는 것은 개혁자가 되기 위한 거의 필수적인 전제조건이었습니다. 자연의 법칙에 따르면 "변의 구분은 색채의 구분을 의미한다"는 것입니다. 이것은 그 당시 입에서 입으로 전해지면서 전 지역을 풍미했던, 새로운 문화 담론이었습니다. 하지만 명백하게 우리의 성직자들과 여자들에게 이 격언은 해당되지 않았습니다. 여자는 한 측면만을 가지고 있었고, 따라서 복잡하고 현학적으로 말한다면 무변無邊 ; No Sides이었습니다. 무변이라는 사실에 대해 여자들은 그렇게 애통해 했지만, 성직자들은 자신들이 무변이라고 뽐냈습니다. 만약 성직자들이 주장하는 것처럼, 그들이 미세한 변을 무수히 가지고 있는 한갓된 상류계급의 다각형이 아니라, 최소한 진정한 의미의 동그라미라면 말입니다. 성직자들은 하나의 선만을 가진, 즉 다시 말해 원둘레를 가진 축복받는 존재였던 것입니다. 따라서 이 두 계급은 이른바 "변의 구분은 색채의 구분을 의미한다"는 격언으로부터 자유로웠습니다. 다른 모든 이들이 육체적 장식에 매혹되었을 때에도, 성직자와 여자들만은 그림의 오염으로부터 순수성을 지킬 수 있었습니다.

여러분의 비판적인 용어를 활용한다면 그것은 비도덕적이고, 음란하고, 무정부적이고, 비과학적이지만 미학적 관점에서 볼 때 이러한 고대의 색채혁명은 플랫랜드 예술의 찬란한 유아기였습니다. 유아기! 오호라! 결코 장년기로 성숙되기는커녕 청년기로도 꽃피워보지 못했던 유아기! 그 당시 산다는 것은 본다는 것이기 때문에 산다는 것은 그 자체로 기쁨이었습니다. 작은 파티에서조차도 참석자들은 본다는 것이 즐거웠습니다. 교회와 극장에서의 풍성한 색조의 다양한 결합은 우리의 위대한 교사와 배우들에게는 너무나 현란했다고 합니다. 그런데 이중에서도 가장 매혹적인 것은 군대에서 나타난 형언할 수 없는 장대함이었습니다.

12,000명의 이등변삼각형들이 단조로운 검은색에서 주황색과 보라색으로 그들의 날카로운 양 끝 각을 교체하고 전열을 가다듬는 광경. 빨강, 하양, 파랑 삼색의 정삼각형 의용군. 엷은 자주색, 감청색, 등황색, 짙은 황갈색 등 4색의 정사각형 포병이 그들의 주홍색 대표 주변을 빠르게 도열하는 모습. 그리고 그들의 막사와 병참기지와 참호 주변을 가로지르는 다섯 색깔의 오각형과 여섯 색깔의 육각형! 이 모두는 어떤 걸출한 동그라미의 유명한 이야기를 믿게 만들기에 충분했습니다. 그 동그라미는 자신이 통솔하는 군대의 예술적 아름다움에 압도되어서, 자신의 지휘봉과 왕관을 앞으로는 예술가의 붓으로 교체하겠다고 말하면서 포기했다고 합니다. 그때 감각적으로 얼마나 화려하게 발달했는가는 그 당시의 언어와 말투에서 드러나고 있습니다. 색채혁명기의 가장 평범한 시민들의 가장 평범한 말씨까지도 사상과 언어의 다채로운 풍미로 충만했습니다. 그리고 현대의 좀 더 과학적인 말씨 속에 여전히 남아있는 리듬이나 훌륭한 시들은 지금도 그 시대에 많은 빚을 지고 있습니다.

9
일반 색채 법안에 관하여

그러나 한편 지적인 예술은 급격히 쇠퇴해 갔습니다.

더 이상 필요치 않게 된 시각인식법은 이제 더는 행해지지 않았습니다. 그리고 기하학과 정태학Statics, 동태학Kinetics 및 다른 분야에 대한 연구는 곧 불필요한 것으로 간주되어 대학에서조차 무시되었습니다. 그보다 저급한 느낌인식법도 초등학교에서 똑같은 운명을 맞이했습니다. 그리하여 이등변삼각형 계급은 견본Specimen이 더 이상 쓸모가 없고 필요치 않다고 주장하면서, 그동안 교육적 목적을 위해 범죄자 계급을 각 학교에 할당해서 공급하던 관행도 거부했습니다. 그리하여 하루가 다르게 그 숫자가 늘어갔으며 오랜 부담으로부터 면제되면서 더욱 거만해졌습니다. 과거의 그 오랜 부담은 이등변삼각형 계급의 야만적 본성을 순화하고 그들의 과도한 숫자를 감소시키는, 이중적 효과를 발휘했던 것이지요.

세월이 흐를수록, 그리고 진실이 밝혀짐에 따라, 병사들과 기능공들은 점점 격렬하게 그들과 상류계급의 다각형과는 큰 차이가 없다고 주장하기 시작했습니다. 이제 그들은 다각형들과 동등하게 성장했습니다. 색채인식의 단순한 과정을 통해 그들은 정태적이든 동태적이든 간에 어려운 인생의 문제와 맞붙어 싸워 해결할 수 있게 되었으니까요. 시각인식법이 자연스럽게 쇠퇴하는 것에 만족하지 않고, 그들은 대담하게도 모든 '독점적이고 귀족적인 기술'의 법적인 금지를 주장했습니다. 당연히 시각인식, 수학, 그리고 느낌에 대한 연구까지도 폐지할 것을 주장했습니다. 곧 이어서 제2의 본성인 색채로 인해 귀족적인 인식법이 필요 없어진 이상 법률도 여기에 맞춰야 하며, 따라서 모든 개인과 계급들에게는 절대적인 평등권이 부여되어야 한다고 주장했습니다.

상층부의 질서가 흔들리고 불안정해진 것을 발견한 혁명의 주모자는 그들의 요구사항을 제기하였으며, 나중에는 당당히 요구하기까지 했습니다. 마침내는 모두를 색칠할 수 있게 한 색채법에 대해 (여성과 성직자들도 예외 없이) 모든 계급들은 똑같이 존경을 표해야 한다는 것이지요. 성직자와 여자들은 변이 없다고 반대를 하자, 주모자들은 모든 인간들의 반쪽 전면(다시 말하면 그의 눈과 입을 가진 반쪽)은 그의 반쪽 후면과 구별되어야 하며, 그러한 편의성은 자연의 원리와 부합된다며 반박했습니다. 그리하여 그들은 플랫랜드에 있는 모든 주의 정기국회 및 임시국회에서 다음과 같은 법령을 제출했습니다. 즉, 모든 여자들은 눈과 입이 달린 전반부에 붉은색을 칠하고 후반부에는 초록색을 칠해야 하며 성직자들도 똑같은 방식을 적용하여 눈과 귀가 있는 전반부 반원에는 붉은색을, 후반부 반원에는 초록색을 칠하는 것이지요.

이 제안에는 적지 않은 술책이 있었습니다. 그러한 제안은 사실 이등변삼각형으로부터 나온 것이 아닙니다. 비천한 이등변삼각형 중에서 그 정도의 정치적 책략을 고안할 수 있는 자가 없으며, 그것을 이해할 수 있는 자도 없을 것입니다. 이 제안은 사실 어떤 불규칙한 동그라미의 술책입니다. 그는 불규칙 도형임에도 불구하고 어릴 적에 제거되지 않고 바보 같은 응석받이로 자라나, 결국에는 나라를 황폐하게 하고 수많은 동료들을 파멸로 이끌었던 것이지요.

한편 이러한 제안으로 인해 모든 계급의 여자들이 크로마티스테스 혁명의 편에 서게 되었습니다. 왜냐하면 여자들에게 성직자들과 똑같은 방식으로 채색하도록 하였기 때문에 혁명가들은 결과적으로 모든 여자들을 어떤 점에서는 성직자들처럼 보이게 만들었기 때문입니다. 따라서 여자들은 존경을 받게 되었고 군중들 사이에서도 여성으로서 매력을 발산할 수 있게 되었습니다.

몇몇 독자들은 새로운 법령 하에서는 여자들과 성직자들의 모습을 구별하기 어렵다는 걸 눈치 챌 것입니다. 만약 그렇지 않다면 한두 마디의 말로도 그것을 명쾌하게 설명할 수 있습니다.

새로운 법에 따라 전반부(즉, 눈과 입이 달린 앞쪽)는 붉은색, 후반부는 초록색의 이중 장식을 한 여자를 상상해 보십시오. 한쪽 옆에서 볼 때, 여러분은 분명하게 반은 붉은색이고 반은 초록색인 직선을 볼 수 있을 것입니다.

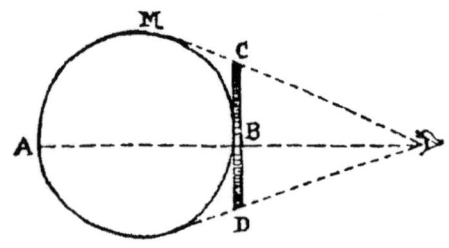

이제 입은 M에 있고 그의 전반부 반(MB)은 붉은색이고 후반부 반원은 초록색이어서 지름 AB가 초록색과 붉은색으로 양분되는 성직자를 상상해 보세요. 만약 여러분이 이 위대한 사람을 관찰하면서, 그의 동그라미를 양분하는 지름과 동일한 직선(AB)의 연장선 위에 여러분의 눈을 놓는다고 가정해 보십시오. 여러분은 직선 CBD를 볼 것이며 그중 반(CB)은 붉은색이고 나머지 반(BD)은 초록색일 것입니다. 전체의 선(CD)은 여자의 전체 선보다 짧을 것이며 양끝으로 갈수록 급격하게 희미해 질 것입니다. 하지만 색채인식법을 통해 다른 사소한 세목에 대해서는 무시한 채 즉각적으로 계급을 인식할 수 있을 것입니다. 사회를 풍미했던 시각인식법이 색채 혁명기에 어떻게 몰락했는지 기억하세요. 덧붙여서 여자들이 동그라미를 모방하기 위해 그들의 양 끝단을 희미하게 보이도록 하는 방법을 재빨리 익혔다는 것도 기억해 둘 필요가 있겠지요. 친애하는 나의 독자들이여, 이제 분명해졌습니까? 색채에 관한 법안으로 인해 성직자들과 젊은 여자들을 서로 혼동하게 하는 위험이 초래되었다는 것을….

이러한 기대감이 이 연약한 성(=여성)에게 얼마나 매력적이었는가는 쉽게 상상할 수 있을 테지요. 여자들은 사람들을 좀 더 확실하게 혼동시키는 걸 즐겼습니다. 가정에서 여자들은 원래 그들의 남자 형제나 남편들만 알아야 할 정치적, 종교적 비밀을 듣고는 동그라미 성직자의 이름으로 명령을 내리기도 했습니다. 다른 색깔의 첨가 없이 붉은색과 초록색만을 두드러지게 드러나게 함으로써, 밖에서 많은 보통 사람들을 끝없이 실수하게 만들었습니다. 지나가는 사람들이 경의를 표하게 됨에 따라, 동그라미들이 잃은 것을 여자들이 차지했습니다. 여자들의 천박하고 꼴불견한 행동이 동그라미 계급에게 전가되는 것입니다. 동그라미계급 사람들이 스캔들은 일으킨 것이 되고, 여자들은 어떠한 의심도 받지 않는 것 같았습니다. 그래서 동그라미 가문에서도 여자들은 모두 일반 색채법안을 지지했습니다.

법안을 통해 의도하는 두 번째의 목표는 동그라미 자체의 비도덕화였습니다. 일반적인 지성의 퇴락 속에서도 그들은 여전히 그들의 순수한 깨끗함과 이성을 보존했습니다. 어린 시절부터 색채가 전혀 없는 동그라미 가문에서 커온 귀족들만이 시각인식의 비법을 보존해왔고, 그 결과 지적능력에 대해 존경할만한 훈련을 쌓아 왔습니다. 그리하여 일반 색채법안이 도입될 때까지, 동그라미들은 대중적 유행으로부터 자신을 절제하며 스스로를 지켜왔을 뿐 아니라 다른 계급에 대한 지도력을 키워 왔습니다.

교활한 불규칙 동그라미에 대해서, 나는 앞에서 그들을 악의적 법안의 진짜 입안자들이라고 말한 바 있습니다. 이제 그들은 이 나라의 위계질서에서 한 단계 낮은 등급으로 단번에 떨어졌습니다. 색채에 오염되게 하고, 동시에 가정에서 시각인식법 훈련을 받지 못하게 만들었기 때문입니다. 그 결과 순수하고 색깔 없는 그들의 가정으로부터 추방함으로써, 그들의 지적 능력을 약화시키려는 것입니다. 일단 크로마티스테스에 오염되면 모든 동그라미 부모와 아이들은 서로를 혼란에 빠뜨릴 것입니다. 오직 어머니와 아버지를 구별할 때만 동그라미 어린이는 그들의 이해력을 발휘하는 데 몇 가지 문제가 있다는 걸 깨닫게 될 것입니다. 그 문제들은 모성의 술책에 의해 너무 자주 변조되어, 모든 논리적 귀결에 대한 아이들의 믿음을 흔들어 놓는 결과를 초래하는 것이지요. 따라서 점차 성직자계급의 지적 영광은 빛을 잃어가고, 모든 귀족적 정치체제가 총체적으로 붕괴하고 특권계급은 몰락할 것입니다.

10
색채환각 폭동의 진압에 대하여

일반 색채법안에 대한 선전 선동은 3년간이나 계속되었습니다. 그리고 그 기간의 마지막 순간까지 무정부 상태가 지속되는 듯했습니다.

대부분이 졸병으로 싸웠던 다각형 군대는 이등변삼각형의 압도적 군사력에 의해 완전히 전멸되었습니다. 사각형과 오각형은 중립을 취하고 있었고요. 설상가상으로 몇몇 능력 있는 동그라미들은 격렬한 부부 싸움 끝에 희생되었습니다. 정치적 견해 차이 때문에 격분한 귀족가문의 몇몇 아내들은 남편들에게 색채법안에 반대하지 말라고 간청하여 남편들을 피곤하게 만들었습니다. 그리하여 자기들의 간청이 수포로 돌아가자, 죄 없는 자기 자식들과 남편을 죽이고 스스로도 목숨을 끊었습니다. 3년간의 폭동기간 동안 23명의 동그라미들이 이러한 가정불화로 목숨을 잃었다고 합니다.

정말 대단히 위험했습니다. 어떤 격한 사건 때문에 상황이 완전히 달라졌을 때, 성직자들은 굴종 혹은 죽음 외에는 다른 선택의 여지가 없어 보였습니다. 그 사건이란, 정치인들이 대중의 공감을 얻은 어떤 불합리하고 불균형한 힘 때문에 결코 무시해서는 안 되며 가끔은 정치인들이 예측하고, 또 가끔은 일부러 일으키기도 하는 사건입니다.

이런 일이 있었습니다. 머리도 별로 좋지 못한 비천한 이등변삼각형이 우연히 자기가 약탈했던 가게에서 상인의 색을 가지고 장난을 쳤습니다. 처음에는 자기보다 4단계나 높게 자기 몸에 색칠하다가 나중에는 십이각형의 열두 가지 색으로 색칠했지요. 그리고는 시장에 가서 목소리를 위장하여, 어떤 고아 소녀에게 다가가 말을 걸었습니다. 그 소녀는 그전에 다각형 귀족의 딸이었는데, 그가 헛되이 연모했던 소녀였습니다. 한편으로는 일련의 요행수에 의해,

그리고 한편으로는 거의 상상을 초월한 그 소녀의 우둔함과 부주의 덕분에, 그 사기꾼은 마침내 그 소녀와 결혼하기에 이르렀습니다. 결국 그 불행한 소녀는 자신이 사기꾼에 속은 것을 알고는 스스로 목숨을 끊었습니다.

이 파국의 뉴스가 온 나라에 전해지자, 여자들은 대단히 분노했습니다. 가련한 희생자에 대한 동정심과 함께, 자신 및 자신들의 자매와 딸들에게도 비슷한 사기행각이 미칠 것을 걱정했습니다. 그리하여 여자들은 이제 완전히 새로운 시각에서 색채 법안을 바라보기 시작했습니다. 적지 않은 수의 여자들이 이 법안에 대해 공공연히 반대했습니다. 그리고 약간만 자극하면 나머지 여자들도 비슷한 견해를 표명하게 되었습니다. 이 절호의 기회를 맞아 동그라미들은 재빨리 임시국회를 소집했습니다. 그리고 죄인들의 통상적인 간수 외에 수많은 반대파 여자들도 참석하도록 허용했습니다.

사상 유례없는 인파의 한 가운데서 그 당시 우두머리 동그라미가 (그의 이름은 판토싸이클러스 Pantocyclus였습니다) 등장하자 12,000명의 이등변삼각형들로부터 우우 하는 야유를 받았습니다. 하지만 그가 이제부터 동그라미들은 '양허 정책'을 쓸 것이라고 즉, 다수가 희망하면 색채법안을 받아들일 것이라고 선언하자 일순 조용해졌습니다. 들끓던 무리들이 일시에 갈채를 보내고 그는 색채환각 폭동의 지도자인 크로마티스테스를 중앙으로 나오도록 했습니다. 그리고 그의 추종자들과 함께 체제의 위계질서를 받아들일 것을 요청했습니다. 이어서 현란한 수사의 연설이 이어졌고, 요약하는 것이 전체 그대로보다 못했던 그 연설을 전달하는데 거의 하루가 걸렸습니다.

매우 위엄 있고 공정한 태도로 우두머리 동그라미가 선언했습니다. 그들이 변화와 개혁에 전념할 것을 맹세했기 때문에, 마지막으로 주제에 대해서 그 장단점을 전체적으로 검토하는 것이 바람직하다고 말입니다. 그리고 상인들과 전문가들과 신사계층에 미칠 위험에 대해서 언급하기 시작했습니다. 하지만 이 모든 단점에도 불구하고 대다수가 이 법안에 찬성한다면 이를 받아들이겠다는 사실을 사람들에게 상기시켰습니다. 그러자 점점 커지던 이등변삼각형의 웅성거림이 일순간 침묵으로 변했습니다. 이등변삼각형들을 제외하고 모두들 그의 말에 감동되어 법안에 반대하거나 중립으로 돌아섰습니다.

이제 노동자를 언급할 차례가 되자, 우두머리 동그라미는 노동자의 관심사항이 무시되어서는 안 된다고 주장했습니다. 만일 노동자들이 색채법안을 받아들여 수용하려 한다면, 최소한 그 결과를 충분히 염두에 두고 해야 할 것이라고 덧붙였습니다. 그리고 이렇게 말했습니다. "노동자들 중에서 많은 수가 이제 막 규칙적인 정삼각형 계급으로 편입되려고 하는 순간입니다. 또 다른 사람의 자식들은 새로운 계급으로 재분류 될 것으로 보입니다. 이는 여러분들이 꿈도 꾸지 못했던 일입니다. 이 경이로운 희망이 물거품이 될지도 모릅니다. 색채법이 널리 채택된다면 모든 구분은 사라질 것입니다. 규칙적 형상은 불규칙도형과 혼동될 것입니다. 발전은 퇴보에 그 자리를 내주어야 합니다. 노동자는 몇 세대 안가서 군인의 수준이나, 심지어는 죄수계급으로 떨어질 수도 있습니다. 정치권력은 가장 수가 많은 집단의 손에, 다시 말해서 범죄자 계급의 손에 쥐어질 것입니다. 범죄자의 숫자는 이미 노동자의 수를 능가했습니다. 만약에 보충의 자연법칙이 작동하지 않는다면, 범죄자가 아마도 모든 다른 계급들을 곧 능가할 것입니다."

이 말에 압도되어 우두머리 동그라미의 주장에 동조하는 웅성거림이 기능공 노동자 계급을 휩쓸고 지나갔습니다. 이에 크로마티스테스 지도자는 놀라서 앞으로 나가 연설을 하려 했지요. 그러나 그는 경호원에게 제지되었습니다. 그리고 우두머리 동그라미가 간결하면서도 열렬한 연설로 여자들에게 마지막 호소를 하는 동안 침묵을 지키고 있어야 했습니다. 우두머리 동그라미는 이렇게 주장했습니다. 만약 색채법이 통과된다면 이제부터 어떤 결혼도 안전할 수 없고, 어떤 여자도 보호받을 수 없으며, 사기와 협잡 위선이 모든 가정에 만연할 것이며, 가정의 불화는 체제의 분열과 운명을 같이 할 것이며 급속히 파멸되리라고. 그리고 이렇게 절규했습니다. "이것보다도 먼저 죽음이 다가올 것입니다!'

이 말이 행동을 촉발하는 신호탄이었습니다. 이등변삼각형의 죄수들은 가련한 크로마티스테스를 덮쳐 꼼짝 못하게 묶어버렸습니다. 그러자 규칙도형 계급들은 그들의 좌석 칸을 열면서 일단의 여자들에게 길을 안내했습니다. 그것을 미처 깨닫지 못한 병사들 뒤쪽으로 여자들이 몰래 이동했습니다. 물론 동그라미의 인솔을 받았습니다. 그것을 본 기능공들도 역시 그들의 좌석 칸을 열었습니다. 그동안 일단의 죄수 집단은 모든 입구를 난공불락의 밀집대형으로 꽉 막아 버렸습니다.

전투라기보다 차라리 대학살이 지속된 시간은 짧았습니다. 동그라미의 능숙한 지도하에 거의 모든 여자들이 결정적인 역할을 했습니다. 그들의 손상되지 않고 삐져나온 날카로운 침은 언제라도 제2의 살인무기가 될 준비가 되어 있었습니다. 하지만 두 번째 타격은 불필요했습니다. 어중이떠중이의 이등변삼각형들이 자기들끼리 나머지 일을 처리했으니까요. 그들은 보이지 않는 적에 의해 앞쪽에서 공격당하고, 뒤쪽에선 죄수 집단에 의해 출구가 봉쇄당했음을 발견하고 깜짝 놀랐습니다. 지도자도 없는 그들은 전의를 완전히 상실한 채 "배신이다!"라고 소리쳤습니다. 그들의 운명은 철저히 봉쇄당한 셈이지요. 이등변삼각형들은 이제 서로를 적으로 느꼈습니다. 반 시간 후, 그 많던 무리들 중 살아남은 자는 하나도 없었습니다. 그리고 자기들의 날카로운 각에 의해 서로 죽인 이등변삼각형의 파편이 다른 도형에 의해 살육당한 숫자보다 일곱 배는 많았습니다. 이것은 질서가 승리했다는 증거였습니다.

동그라미들은 승리의 고삐를 끝까지 늦추지 않았습니다. 노동자 계급은 남겨두었지만 제비뽑기를 통해 열 명 중 한 명을 죽였습니다. 정다각형의 의용군들이 즉시 동원되었습니다. 불규칙도형으로 의심받을 소지가 충분히 있을 때에는, 정삼각형이라 해도 군법회의를 통해 처형해 버렸습니다. 사회정화위원회에서 정확히 측정해 보지도 않고 말이지요. 군인과 기능공 계급의 집은 1년 가까이 방문사찰을 받았습니다. 그 기간 동안 모든 도시와 마을과 촌락에서는 하층계급의 과잉인구를 체계적으로 정리했습니다. 이는 교육적 목적을 위해서 범죄자 계급을 각 학교에 공급해 주지 않아서 생긴 과잉인구였습니다. 동시에 플랫랜드의 자연법칙과 체제의 질서를 위반한 결과이기도 했습니다. 이리하여 계급간의 균형은 다시 회복되었습니다.

말할 필요도 없이, 그 후로는 색채의 사용이 폐지되었고 그것을 보유하는 것도 금지되었습니다. 색채에 대한 그 어떤 언급조차도 가혹한 처벌의 대상이 되었습니다. 동그라미들과 자격을 갖춘 몇몇 과학교사들은 제외하고 말입니다. 대학의 수학과에서 최상류층의 극소수 비밀집단만이 수학의 난해한 문제를 설명하는데 사용할 수 있도록 인가를 받았습니다. 하지만 (수학자인) 나조차도 그러한 비밀집단에 소속되는 특권을 부여받은 적이 한 번도 없었습니다. 다만 소문으로만 들었을 뿐입니다.

이제 플랫랜드 그 어디에서도 색채는 존재하지 않습니다. 그것을 만드는 방법은 오랫동안 오직 우두머리 동그라미 한 사람만이 알고 있었습니다. 그가 죽으면 그의 후계자에게만 전수될 뿐이었습니다. 오직 한 공장에서만 그것을 생산해 왔습니다. 그리고 그 비밀이 누설되지 않도록 그 노동자들을 매 년 없애버렸고, 새로운 노동자들이 투입되었습니다. 지금도 우리나라의 귀족계급들은 그 옛날 일반 색채법안의 폭동을 회고할 때면 공포에 떨곤 합니다.

11
우리나라의 성직자들에 관하여

이제 플랫랜드에 관한 이러한 단편적이고 산만한 이야기들은 그만할까요? 이 책의 가장 핵심적인 사건, 즉 내가 어떻게 이 스페이스랜드로 진입하게 되었는가에 대한 미스터리를 이야기할 때가 된 것 같군요. 그것은 바로 내 이야기의 주제입니다. 이제까지의 이야기는 단순한 서문에 불과할는지도 모릅니다.

따라서 독자들의 관심을 끌지 못할 많은 부분에 대해서는 설명하지 않겠습니다. 예를 들면 이런 내용들입니다. 발이 없는데도 우리가 앞으로 나아가고, 멈출 수 있는 방법. 또 손도 없고, 여러분들처럼 바닥을 밑에 댈 수 도 없고, 지구의 중력을 이용할 수 없음에도 불구하고, 우리가 나무나 돌이나 벽돌의 구조를 고정시킬 수 있는 방법. 우리의 여러 지역에 골고루 비가 오게 해서, 북부지방은 지나치게 건조하지 않고 남부지방은 지나치게 습기 차지 않게 하는 방법. 우리의 산과 언덕, 나무, 채소, 그리고 계절과 농산물의 특성들. 선으로 된 책상에 적합한 우리의 철자법과 필기법 등등. 이 밖에도 수백 가지의 물리적 현상에 대해 저는 언급도 못하고 그냥 넘어가야 할 것 같군요. 이런 세세한 사항들에 대해서는, 내가 기억을 잘 못해서 생략하는 것이 아니라는 점만 지적하고 넘어가겠습니다. 독자들이 시간이 없을 것 같아서 그냥 넘어가는 것입니다.

하지만 이 책의 본격적인 주제로 넘어가기 전에, 독자들은 플랫랜드 체제를 떠받드는 중심축에 대해서는 몇 가지 언급하기를 기대할 것입니다. 우리 행위를 통제하고 우리 운명을 형성하기에 보편적인 존경과 숭배의 대상인 우리의 동그라미들, 바로 우리나라의 성직자라고 따로 말할 필요가 있을까요?

내가 그들을 종교적 성직자라고 부를 때 그것이 여러분들이 사용하는 의미와 같은지는 잘 모르겠습니다. 우리들에게 성직자는 모든 비즈니스와 예술과 과학의 관리자입니다. 또한 무역, 상업, 군대, 건축, 공학, 교육, 정치, 입법, 도덕, 신학의 감독관입니다. 그들 스스로는 아무것도 하지 않지만, 그들은 다른 사람들이 행하는 모든 일들의 근본 원인이 됩니다.

비록 모든 사람들이 흔히 동그라미라고 부르기는 하지만, 진정한 동그라미는 없다고 고등교육을 받은 계급들은 알고 있습니다. 단지 변이 많은 다각형일 뿐인 것이지요. 다각형 변의 수가 늘어날수록, 변의 길이가 작아지면서 다각형은 동그라미에 가까워집니다. 그리고 변의 숫자가 이를테면 300개나 400개 정도로 엄청나게 많아지면, 아무리 예민한 감각을 가졌다 해도, 다각형의 각을 만지고 느낀다는 것은 대단히 어렵습니다. 아니, 어려울 것이라고 말하는 편이 낫겠군요. 왜냐하면 앞에서 말한 것처럼, 느낌을 통한 인식법은 상류사회에서는 허용되지 않기 때문입니다. 동그라미를 '느낀다'는 것은 가장 무례한 모욕인 것입니다. 느낌에 대해 절제하는 상류사회의 이러한 습관 때문에 동그라미는 쉽게 신비의 베일 속에 가려질 수 있었습니다. 태초부터 동그라미의 원주나 지름이 갖는 정확한 본성을 은폐할 수 있었던 것이지요. 300개의 변을 가진 다각형의 둘레가 통상 3피트라고 한다면, 각 변의 길이는 100분의 1피트 이상이거나 10분의 1인치 이하일 것입니다. 600~700개의 변을 가진 다각형에서 각 변의 길이는 스페이스랜드 사람들도 쉽게 알 수 없을 정도로 작을 것입니다. 가장 존경받는 우두머리 동그라미는 한 때 10,000개의 변을 가진 것으로 여겨졌습니다.

동그라미 후손의 사회적 신분 상승은 비천한 규칙도형들과는 달리 자연의 법칙에 의해 제한받지 않았습니다. 자연의 법칙에서는 한 세대에 한 변만이 늘어날 수 있도록 제한되었던 것이지요. 만약 그렇다면 동그라미가 갖는 변의 수는 단지 혈통상의 수를 세는 산수의 문제에 불과할 것입니다. 예를 들어 정삼각형의 497대손은 당연히 500개의 변을 가진 다각형이 될 것입니다. 하지만 그렇지는 않지요. 동그라미 종족의 번영에 상반되는 2개의 자연 법칙이 있습니다. 첫째는 그 종족의 발달단계가 높아질수록 그 발달은 가속화되어야 한다는 것이고, 둘째는 발달단계가 높아질수록 그와 동일한 비율로 종족은 덜 번성해야 한다는 것입니다. 결과적으로 사백각형이나 오백각형의 집에서는 아들을 보기가 드물며 두 명 이상인 경우는 없습니다. 대신에 오백각형의 아들은 550개 혹은 600개의 변을 가진 다각형으로 알려져 있습니다.

기술도 더 높은 진화의 과정에 도움을 주고 있습니다. 우리나라의 의사들은 상류계급의 다각형 어린아이가 얼마 안 되는 연약한 변을 가지고 있어 쉽게 손상되는 것을 발견하고는, 그 아이의 골격을 200개 혹은 300개의 변을 가진 다각형으로 정확하게 재조종했습니다. 이런 수술은 워낙 위험하기 때문에 자주 하지 못하고 가끔 행해질 뿐입니다. 만약 수술이 성공하면, 그의 후손은 200 혹은 300대의 가계를 뛰어넘어 단숨에 귀족계급으로 신분이 상승되기도 합니다.

많은 전도유망한 아이들이 이 과정에서 희생됩니다. 10명 중 1명만이 간신히 살아남을 뿐이지요. 하지만 동그라미계급의 비주류에 속하는 다각형 부모들의 야심이 워낙 강해서, 채 한 달이 안 된 귀족의 아이들이 거의 대부분 '동그라미 신치료기관'에 맡겨집니다.

1년이 지나면 성공과 실패가 판가름 납니다. 1년 후 대부분은 신치료기관의 공동묘지에 비석을 하나 더하는 결과를 초래하지요. 그러나 아주 드물긴 하지만, 기쁨에 넘친 부모들의 환호소리가 들려오기도 합니다. 이제 더 이상 다각형이 아니고 최소한 동그라미로 인정받을 수 있게 된 경우이지요. 아주 드문 그러한 축복의 순간을 기대하면서, 수많은 다각형 부모들이 모험에 뛰어듭니다. 물론 시작은 비슷하지만 그 결과는 제 각각입니다.

12
우리 성직자들의 교리에 대하여

동그라미들의 교리는 이런 한 마디 격언으로 간단하게 요약할 수 있습니다. '네 형태에 관심을 가져라!' 정치적이든, 종교적이든, 도덕적이든 그들의 모든 가르침은 개인적이고 집단적인 형태의 개선에 목표를 두고 있습니다. 그중에서도 특히 동그라미의 형태가 중요하겠지요. 다른 주제는 모두 이 목표에 종속되는 것입니다.

고대의 이단적 주장을 효과적으로 제압해 온 것도 동그라미들의 강점입니다. 그 이단적 주장 때문에 사람들은 쓸데없는 믿음에 정력과 관심을 소비했습니다. '품성은 형태가 아닌 모든 것, 즉 의지, 노력, 훈련, 용기, 칭찬 등에 좌우된다' 는 망상입니다. 형태가 그 사람을 만든다는 믿음을 모든 인류에게 심어준 사람은 팬토싸이클러스라는 저명한 동그라미였습니다. 그는 앞에서 언급한 것처럼 색채혁명의 진압자였지요. 그의 주장에 따르면 이렇습니다. 예를 들어 만약 당신이 두 변의 길이가 서로 다른 이등변삼각형으로 태어났다고 합시다. 크기가 다른 그 두 변들을 똑같이 만들지 않는 한, 여러분은 분명히 잘못된 길로 갈 것입니다. 따라서 변의 크기를 동일하게 만들려면, 당신은 이등변삼각형 병원에 가야 합니다. 비슷한 경우로서 만약 여러분이 불규칙한 삼각형이나, 사각형 혹은 다각형이라면 여러분은 규칙도형 병원에 가야 합니다. 그렇지 않다면 여러분은 감옥에서 생을 마치거나 혹은 사형집행인에 의해 생을 마감할 것입니다.

사소한 비행에서부터 파렴치한 범죄에 이르기까지 모든 잘못과 문제점들은 (팬토싸이클러스에 의하면) 신체 형태의 완벽한 규칙성으로부터 약간 일탈했기 때문에 생긴 것입니다. 불규칙한 신체 형태는 아마도 (선천적인 것이 아니라면) 군중들 사이에서 일어난 충돌에 의해 생겼을 것입니다. 또는 형태 유지를 위한 운동을 너무 안 했거나, 혹은 지나치게 많이 했기 때문에 생겼을 수도 있습니다.

심지어는 기온의 급격한 변화 때문에 형태의 취약한 부분이 너무 팽창했거나 수축했기 때문에 생겼을지도 모릅니다. 그러므로 저명한 철학자는 이렇게 결론 내렸습니다. 냉철하게 평가할 때 좋은 행위나 나쁜 행위는 칭찬 혹은 비난의 적절한 주제가 될 수 없다고…. 왜냐하면 예를 들어 여러분이 사실은 사각형 각도의 정확함에 대해서 존경해야 할 때, 고객의 이익을 위해 노력한 그의 성실성에 대하여 왜 찬사를 보내야 합니까? 혹은 이등변삼각형의 변이 도저히 치료될 수 없을 정도로 불균등한 것에 대해 유감스러워할 때, 왜 그의 손버릇 나쁜 절도 습관을 비난해야 합니까?

이론적으로 이 주장은 의심할 여지가 없습니다. 하지만 실제적으로는 문제가 있습니다. 이등변삼각형을 다룰 때, 깡패가 자신의 형태적 불규칙함 때문에 도둑질하지 않을 수 없었다고 항변한다면, 치안판사인 당신은 바로 그 이유 때문에, 즉 그가 (형태적 불규칙함으로 인해) 이웃에 성가신 방해물이 될 수밖에 없기 때문에, 그를 사형시킬 수밖에 없다고 대답합니다. 그것으로 모든 게 끝이 납니다. 하지만 사형의 벌을 가하는 데 어려움이 없지 않은 곳에서, 이 형태이론은 가끔 우스꽝스럽게 됩니다. 그리고 가끔 내 육각형 손자가 기온의 급격한 변화로 자기 형태가 손상되었고 그 때문에 비행을 저지르게 되었다고 변명할 때 나는 내 손자가 아니라, 손자의 그 (변형된) 형태에 비난을 가할 수밖에 없다는 걸 고백합니다.

그것은 오직 풍성한 최상급 사탕과자에 의해서만 강화될 수 있기 때문에, 나는 내 손자의 결론을 기각할 수도 없고 그렇다고 받아들일 수도 없습니다.

내 입장에서는 좋은 소리로 꾸짖거나 혹평하는 것이 내 손자의 형태에 은근하면서도 강력한 영향력을 행사하는 방법이라고 밖에 할 수 없군요. 비록 그렇게 생각하는 것에 대한 근거는 없다고 인정하지만 말입니다. 나만이 이런 식으로 이 딜레마에서 벗어나는 것은 아닙니다. 왜냐하면 법정에 앉아있는 많은 최상류층 동그라미들도 규칙도형과 불규칙도형에 대해 칭찬과 비난을 구사한다는 것을 나는 알기 때문입니다. 그리고 그들이 집에서 아이들을 꾸짖을 때 그들은 '올바르다'와 '잘못되었다'는 말을 아주 열정적이며 격렬하게 사용한다는 것을 경험적으로 알게 되었습니다. 마치 이런 말들이 실제 모습을 표현하며, 정말로 그들에게 인간형상을 선택할 수 있는 능력이 있는 것처럼 믿게 만든다는 것이지요.

동그라미들은 형태야말로 모든 사람이 가장 중요하게 생각해야 할 개념이라고 끊임없이 주장합니다. 그럼으로써 스페이스랜드에서 부모-자식 간의 관계를 규정했던 계율의 본질을 뒤집어 버렸습니다. 여러분 스페이스랜드에서는 자식이 부모를 공경해야 한다고 배웁니다. 우리나라에서는 이렇게 가르칩니다. 가장 공경해야 될 대상은 물론 동그라미이고 그 다음으로 자손을 공경해야 하는데, 손자가 있다면 손자를 공경하고, 만약 없다면 아들을 공경해야 한다고. 하지만 여기서 공경하는 것은 응석을 받아준다는 뜻이 아닙니다. 공손한 태도로 최고의 관심을 나타낸다는 뜻입니다. 그리고 아버지의 의무는 자신들의 이익을 후손의 이익에 종속되도록 하는 것이며, 따라서 그들 직계 후손의 복지 뿐 아니라 전체 국가의 복지도 향상시켜야 한다고 동그라미들은 가르칩니다.

만약 미천한 사각형이 감히 동그라미들에 대해 어떻게 해서든 약점을 잡으려고 한다면 동그라미의 체계에도 약점은 있습니다. 그것은 내가 보기에 여자들과의 관계에서 드러나는 것 같습니다.

불규칙도형의 출생을 억제하는 것이 이 사회에서 가장 중요하기 때문에, 조상 중에 불규칙도형이 있었던 여자는 결코 적합한 배우자가 될 수 없습니다. 이것은 자신의 후손이 사회계층 속에서 규칙도형으로 존경받기를 바라는 사람들에게는 특히 그렇습니다.

이제 남자들에겐 불규칙성도 측정해야 할 문제가 되었습니다. 모든 여자들은 쭉 뻗어있고 따라서 겉으로 보기에는 규칙도형이라 부를 만하기 때문에, 이른바 눈에 보이지 않는 불규칙성을 측정하는 방법을 고안해야 했던 것입니다. 그것은 후손들이 불규칙도형이 될 가능성은 없는지 여부를 알아내는 방법이기도 했고요. 이것은 국가가 보존하고 관리해서 대대로 전해 내려오는 족보를 통해 가능합니다. 국가로부터 인증 받은 족보 없이는 그 어떤 여자도 결혼을 허락받지 못했습니다.

조상에 대한 자부심이 큰 동그라미들은 후손에 대해서도 신경 써야 했습니다. 우두머리 동그라미가 문제 삼을 소지가 있는 후손을 보지 않으려고, 동그라미들은 이제 이스커쳠escutcheon : 가문의 문장이 새겨진 방패에 얼룩이 있는 아내는 절대로 피할 것 같았습니다. 하지만 꼭 그렇지도 않았습니다. 규칙도형이 아내를 선택하는데 기울이는 관심은 그의 사회적 신분이 높아질수록 줄어들었습니다. 정삼각형의 아들을 소망하는 이등변삼각형은 여자가 아무리 유혹한다 해도 그 여자의 조상 중에 불규칙도형이 하나 있었던 것으로 생각되면 결코 아내를 삼지 않을 것입니다. 자신의 가문이 사회적으로 안정을 획득했다고 자신하는 오각형이나 사각형은 500대 조상까지는 문제 삼지 않습니다. 하지만 어떤 동그라미는 고조할아버지가 불규칙도형이었던 여자를 조심스럽게 아내로 맞아들이기도 했습니다. 그 여자는 꽤 똑똑했고 저음이 매력적이었는데, '아주 잘 된 여자'로 부러움을 샀습니다.

그와 같이 잘못된 결혼은 예상대로 불임이 됩니다. 그렇지 않으면 불규칙도형을 낳거나, 혹은 한 변이 손상되는 결과를 낳을 뿐이지요. 하지만 이런 해악 중 그 어떤 것도 아직까지 충분히 제거되지 못한 것으로 드러났습니다. 고도로 발달한 다각형은 약간 변을 손상한 사실은 쉽게 눈에 띄지 않습니다. 또 가끔은, 내가 앞에서 언급한 신치료기관에서 성공적으로 수술하면 치료됩니다. 그리고 동그라미들은 다산성을 너무 쉽게 '우월한 발전의 법칙'으로써 받아들이고 싶어 합니다. 하지만 이러한 해악에 주의하지 않으면, 동그라미계급의 수는 급격히 감소할 것입니다. 그렇게 되면 이들이 더 이상 동그라미 성직자를 낳지 못하게 되고, 플랫랜드의 체제가 붕괴될 날들도 멀지 않을 것입니다.

비록 내가 그 치료책을 쉽게 언급할 수는 없지만, 또 다른 경고의 말을 하고 싶습니다. 그것도 여자들과 관계된 것입니다. 대략 300년 전에 성직자들은 법령을 공포했습니다. 여자들은 이성이 부족하고 감성이 풍부하기 때문에 더 이상 이성적으로 대접받아서는 안 되며 지적인 교육도 받아서는 안 된다고…. 그 결과 여자들은 더 이상 읽기와 산수 교육을 받지 않아서 자기 남편이나 아이들의 각도조차 셀 수가 없게 되었습니다. 세대가 거듭될수록 그들의 지적 능력은 눈에 띄게 저하되었습니다. 그리하여 여성에게 교육을 시키지 않는 시스템과 신비적인 정적주의quietism는 여전히 만연되어 있습니다.

내가 두려워하는 사실은, 이러한 정책이 좋은 의도에도 불구하고 남성들에게 해로운 결과를 초래한다는 것입니다.

왜냐하면 결과적으로 현재 우리 남성들은 일종의 이중 언어적 존재, 혹은 거의 이중 인격적 삶을 영위해야 하기 때문입니다. 여자들과 함께 우리는 '사랑' '의무' '정의' '불의' '연민' '희망' 그 밖에 다른 비이성적이며 정서적인 개념들을 말합니다만, 이것들은 실체가 없으며, 단지 여성적 풍성함을 제어하는 것 외에는 다른 목적이 없는 말들입니다. 하지만 우리 남자들 사이에서, 그리고 우리의 책에서는 전혀 다른 어휘들, 그러니까 거의 숙어적 표현들이 사용됩니다. '사랑'은 '편익에 대한 참여'가 되며, '의무'는 '필연성' 혹은 '적합성'이 되며, 그밖에 다른 단어들도 그에 부합되게 번역됩니다. 더 나아가서 여자들 사이에서 우리는 그들 성에 대한 절대적인 복종을 함축하는 언어들을 사용합니다. 그리하여 동그라미 성직자도 자기들처럼 그렇게 경건하게 숭배 받지는 못한다고, 여자들은 굳게 믿고 있습니다. 하지만 아주 젊은 몇몇 사람 외에 대부분은 여자들 등 뒤에서는 그들을 '정신 나간 유기체'라 부르고 있으며 그 정도로 밖에는 생각하지 않고 있습니다.

우리 플랫랜드에서는 여자들 거실에서의 신학과 다른 곳의 신학이 완전히 다릅니다.

언어와 사고에서 이렇게 이중 훈련을 하는 것이 젊은이들에게 어떤 때는 너무 무거운 짐이 되지 않을까 나는 조금 걱정스럽습니다. 특히 그들이 세 살이 되어 엄마의 보살핌으로부터 떼어질 때, 옛날에 배웠던 언어를 잊어버리고 (엄마와 간호사 앞에서 그것을 다시 반복하려는 목적을 제외하고는) 과학의 어휘와 숙어들을 배울 때 그러합니다. 300년 전 우리 조상들의 더 영민했던 지적 능력과 비교해 보면, 현재 우리가 수학적 진리를 파악하는데 더 취약하다고 생각됩니다. 만약 어떤 여자가 대중적인 책 한 권을 정독하고, 그 결과를 자신의 성(=여성)에게 은밀하게 전달할 때 일어날 위험성에 대해서 나는 아직 아무것도 언급하지 않았습니다. 또 남자 아이의 경솔함이나 불순종으로 인해, 그 어머니가 논리적 변증의 비밀을 알게 될 가능성에 대해서도 아직 언급하지 않았습니다. 남자들의 지적능력이 약화된다는 단순한 이유 때문에도, 나는 여성교육의 통제에 대해 재고해 볼 것을 고위 당국자에게 조심스럽게 건의하는 바입니다.

2부 ● 다른 세상들

제2부
다른 세상들

오, 멋진 사람들이 사는 멋진 신세계!

13
내가 어떻게 라인랜드의 환상을 보게 되었는가

그때는 우리 연대로 1999번째 해의 어느 마지막 날이며 긴 휴가 여행의 첫 번째 날이었습니다. 내가 가장 좋아하는 오락인 기하학을 밤늦게까지 즐기다가, 나는 안 풀리는 문제 때문에 잠시 휴식을 취했습니다. 그 한 밤중에 나는 꿈을 하나 꾸었습니다.

수많은 작은 직선들(나는 자연스럽게 그 선들을 여자들로 생각했죠)과 반짝이는 점들이 띄엄띄엄 흩어져 있는 것을 나는 보았습니다. 이 모든 것들은 직선의 앞뒤로 똑같이 움직였는데, 자세히 살펴보니까 거의 같은 속도로 움직였습니다.

라인랜드에 대한 나의 관점

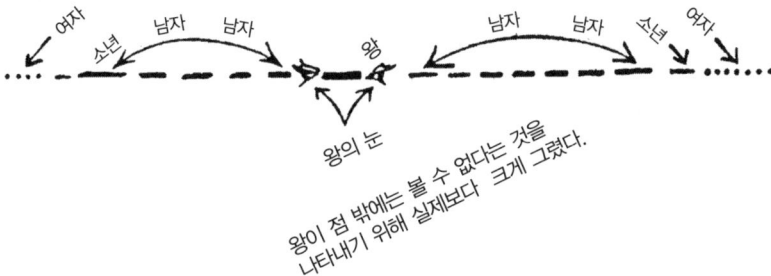

그들이 움직이는 동안 찍찍거리는 울음과 킥킥대는 웃음소리 등 여러 소음이 뒤섞인 소리가 일정한 간격으로 들려왔습니다. 하지만 가끔 그들은 움직임을 멈추었고, 그때에는 모두 조용해졌습니다.

내가 여자들이라고 생각했던 것 중에서 가장 큰 것에게 다가가 말을 걸었지만 아무 대답도 없었습니다. 두세 번 더 말을 걸어도 마찬가지였습니다. 이 무례한 행동에 더 이상 참을 수 없어서 나는 바짝 다가가 그 여자의 움직임을 멈추게 한 후 큰소리로 반복해서 물었습니다. "부인, 우는 것 같기도 하고 웃는 것 같기도 한 이 이상한 소리와, 한 직선 위를 앞뒤로 단조롭게 왕복하는 이 움직임은 무엇을 상징합니까?"

"나는 여자가 아니오." 작은 선이 말했습니다. "짐은 이 세계의 왕이오. 그런데 그대는 어떻게 내 라인랜드의 영역으로 들어올 수 있었소?" 그의 갑작스러운 대답을 접하고서 나는 혹시 내가 지엄한 그를 놀라게 하거나 귀찮게 했다면 용서해달라고 빌었습니다. 그리고 이방인인 나를 소개한 후, 그의 왕국에 대해 조금만 설명해 줄 것을 간청했습니다. 하지만 내가 정말로 궁금해 하는 사실에 대해 정보를 얻기는 매우 어려웠습니다. 왜냐하면 그 임금은 자신이 아는 모든 것을 나도 분명히 알고 있으리라고 굳게 믿어서, 계속 내가 무지한 척 장난치고 있다고 생각했기 때문입니다. 하지만 나는 계속적인 질문을 통해 다음과 같은 사실들을 알아낼 수 있었습니다.

이 가련하고 무지한 임금(그는 스스로 그렇게 불렀습니다)은 그 직선을 자신의 왕국이라고 불렀고, 그 안에서만 움직이고 있었습니다. 그리고 그 직선이 이 세상의 전부이며, 정말로 모든 우주를 구성한다고 확신하는 것 같았습니다. 이 직선 외에는 아무것도 볼 수 없고 움직일 수 없었기에, 그는 직선 외에는 아무런 공간 개념이 없었습니다. 내가 처음 그에게 말을 건넸을 때 비록 그가 내 목소리를 들었다 해도, 그 소리는 그가 그때까지 한 번도 경험하지 못한 소리였기에 대답할 수가 없었습니다. 그가 표현하듯이 '아무도 볼 수 없었고, 마치 내 내부에서 흘러나오는 목소리를 듣는 것' 같았을 겁니다. 내 입을 그의 라인랜드에 드러낼 때까지 그는 나를 볼 수 없었고 혼란스러운 소리 외에는 그 어떤 소리도 들을 수 없었습니다. 그 혼란스러운 소리는 내가 그의 측면이라 부르고 그는 자신의 내부 혹은 창자라 부르는 곳을 두드리는 소리였습니다. 내가 살다가 온 플랫랜드 지역에 대해서 그는 최소한의 개념도 갖고 있지 않았습니다. 그의 세계 혹은 직선 밖의 세계는 그에게 공백이었습니다. 아니, 공백이란 일종의 공간을 함축하기 때문에, 공백이라고도 할 수 없습니다. 말하자면 아무 것도 존재하지 않았습니다.

그의 백성들 중 작은 선은 남자이고 점들은 여자입니다. 모두 동작이 똑같았으며 그들의 세계인 하나의 직선에 시야가 제한되었습니다. 그들의 지평선 전체가 한 점에 제한되었으며, 그 점 이외의 어떤 것도 볼 수 없다는 사실은 별로 덧붙일 필요가 없겠지요. 직선의 나라인 라인랜드 사람들에게는 남자, 여자, 아이들, 사물들 모든 것이 점이었습니다. 목소리를 통해서만 성과 나이를 구별할 수 있습니다. 더 나아가서 모든 개개인이 말하자면 그들의 우주를 구성하는 좁은 통로 전체를 차지하고 있었습니다. 따라서 다른 사람이 지나갈 수 있도록 아무도 오른쪽이나 왼쪽으로 비켜날 수 없기 때문에, 라인랜드 사람들은 아무도 다른 사람을 지나갈 수 없다는 결론이 나옵니다. 한 번 이웃이면 영원히 이웃이죠. 그들에게 이웃한다는 것은 우리에게 결혼과 마찬가지입니다. 이웃은 죽음이 그들을 갈라놓을 때까지 이웃입니다.

모든 시야가 한 점에 제한되어 있고 모든 움직임이 한 직선 내에서만 이루어지는 그와 같은 삶은 내게 말할 수 없이 지루해 보였습니다. 그런데 나는 왕의 생기발랄함과 흥겨움에 놀랐습니다. 그렇게 열악한 환경 속에서 부부의 연이 가져다주는 즐거움이 가능한지 의심스러웠습니다. 그래서 왕비 전하와의 관계 같이 그런 미묘한 질문을 하는 것이 옳은지 잠시 망설여졌습니다. 하지만 그의 가족에 대해 나는 마침내 불쑥 묻고야 말았습니다. "짐의 아내들과 아이들은 건강하고 행복하다오." 그가 대답했습니다.

라인랜드로 들어오기 전에 내 꿈을 묘사하면서 언급했듯이, 왕의 바로 옆에는 나밖에 없기 때문에 나는 그 대답을 듣자마자 감히 이렇게 대꾸했습니다. "황공합니다만, 폐하께서 지나갈 수도 없고 또 지나가게 할 수도 없는 사람이 폐하 곁에는 최소한 여섯 명이나 있습니다. 그런데 어떻게 왕비마마께서는 언제라도 폐하 곁에 가까이 가실 수 있는지 저는 도저히 상상이 안 갑니다. 라인랜드에서는 근접성이 결혼과 출산의 필수 조건이 아니란 말입니까?'

"어떻게 그대는 그렇게 어리석은 질문을 할 수가 있소?' 왕이 대답했습니다. "만약 그대의 말이 사실이라면, 이 우주는 점점 인구가 줄어들 것이오. 하지만 아니오. 절대 아니오. 바로 옆에 인접함은 마음의 결합에는 불필요하오. 또 자녀의 출산은 너무 중요하기 때문에 인접성과 같은 우연에 의지하지 않소. 하지만 그대가 아주 무지한 척하고 싶다면, 짐은 그대를 라인랜드의 가장 무지한 어린 애인 것처럼 여기고 그대에게 가르쳐 주겠소. 여기서 결혼은 소리와 청각에 의해 이루어짐을 알려 주겠소.

그대는 물론 모든 사람이 두 개의 눈과 마찬가지로 두 개의 입과 두 목소리를 가진 것을 알고 있을 것이오. 하나는 베이스이고 하나는 테너로서 양 끝단에 있는 것 말이오. 이 대화중에 짐은 그대의 테너를 구별할 수 없구려." 나는 내가 목소리를 하나만 가지고 있고 폐하의 목소리가 둘이라는 사실을 모르고 있었다고 대답했습니다. 그러자 왕이 말했습니다. "그대가 남자가 아닐 것이라는 짐의 추측은 틀림없는 것 같소. 그대는 하나의 베이스 목소리를 갖고 하나의 귀만을 가진, 전혀 교육받지 못한 여성적인 괴물인 듯하오. 하지만 계속하겠소.

자연의 법칙에 의해, 모든 남자들은 반드시 두 명의 아내를 취하도록 운명이 정해졌소." "왜 둘입니까?" 내가 물었죠. "그대는 지나치게 단순한 척 하는구려!" 그가 소리쳤습니다. "넷이 하나로 결합되지 않고, 어떻게 완벽하고 조화로운 결합이 이루어질 수 있겠소? 즉 다시 말해서 베이스와 테너를 가진 한 남자가 각각 소프라노와 콘트랄토contralto : 여자의 최저음부를 가진 두 여자와 결합하는 것 말이오." "하지만 폐하, 한 남자가 두 명이 아니라 한 명, 혹은 세 명의 아내와 결혼하는 것을 더 선호한다면 어떻게 됩니까?" 내가 물었습니다. "그것은 불가능하오." 그가 말했습니다. "그것은 둘 더하기 하나가 다섯이 된다는 것만큼이나 터무니없고, 혹은 사람의 눈으로 직선을 본다는 것만큼이나 터무니없는 일이요." 나는 그의 말을 중간에서 가로막고 싶었지만 그는 이렇게 계속했습니다.

"자연의 법칙에 의해, 일단 매 주일의 중간쯤에 우리는 보통 때보다 더 강하게 움직인다오. 리듬에 맞춰, 백한 번 정도를 앞뒤로 움직이는 것이라오. 이 집단적인 춤의 중간에, 그러니까 쉰다섯 번째의 진동 때, 이 우주의 거주자들은 모든 업무를 중지한다오. 그리고 사람들은 가장 기름지고 풍성하면서 달콤한 선율을 보내는 것이오. 이때가 바로 우리의 모든 결혼이 이루어지는 결정적인 순간이오. 트레블treble : 여자의 최고음부에 대한 베이스의 적응과 콘트랄토에 대한 테너의 적응은 굉장히 절묘하다오. 그래서 가끔 사랑에 빠진 사람들은 비록 6,000마일이나 떨어져 있다 해도, 자기 운명의 애인이 보낸 반응을 금방 알아낸다오. 거리와 같은 하찮은 장애를 넘어 사랑은 세 사람을 묶는 것이오. 그 시점에서 이루어진 결혼으로 한 남자와 두 여자가 태어나고, 그 셋이 라인랜드의 기본 구성이라오."

"무엇이라고요! 언제나 세 명이라고요?" 내가 말했습니다. "그렇다면 여자들은 언제나 쌍둥이겠군요?"

"그렇소. 베이스의 목소리만 가진 괴물이여!" 왕이 대답했습니다. "만약 남자아이 한 명 당 두 명의 여자아이가 태어나지 않는다면 어떻게 성비의 균형이 유지될 수 있겠소? 그대는 가장 기초적인 자연의 법칙도 모른다는 말이요?" 그는 잠시 말을 멈추었습니다. 굉장히 화가 나서 할 말을 잊은 그는 얼마간 시간이 지나자 다시 이야기를 계속했습니다.

"그대는 물론 이렇게 생각하지는 않겠지요? 우리네 모든 총각들이 이 우주적인 결혼합창곡 속에서 단지 첫 번째 구혼의 소리로 자신의 짝을 찾는다고 말이오. 정반대라오. 대부분의 그 과정은 여러 번 반복된다오. 신의 섭리에 의해 파트너의 목소리를 서로 한 번에 알아보고, 상호간 완벽하게 조화로운 포옹을 교환하는 행운아는 얼마 되지 않소. 대부분 구애 기간이 꽤 길다오. 구애자의 목소리가 미래의 아내 두 명 모두와 어울리지 않고, 그중 한 명하고만 서로 어울리는 경우도 있소. 혹은 처음엔 둘 중의 어느 누구하고도 어울리지 않는 경우도 있고. 또 소프라노와 콘트랄토는 별로 조화를 이루지 못하기도 하고. 그런 경우 자연의 법칙은 매주 합창을 통해 세 명의 연인들이 좀 더 친근한 화음을 교환하도록 한다오. 새로운 목소리를 시도하고 어울리지 않는 것을 새롭게 발견하면, 부지불식간에 그(혹은 그녀)의 불완전한 발성음이 좀 더 완벽해지도록 이끈다오. 그리고 완벽에 가까워지려는 많은 시도 끝에 마침내 좋은 결과를 성취해 내는 것이라오. 일상의 친숙한 결혼대합창이 라인랜드 우주로부터 뻗어나가는 동안, 멀리 떨어진 세 명의 연인들이 갑자기 완벽한 화음을 느끼게 되는 날이 마침내 도래하는 것이오. 그리고 그들이 깨닫기 전에 결혼한 세 명은 목소리 상으로 아주 황홀한 이중의 포옹을 한다오. 그리고 대자연도 또 하나의 결혼과 셋의 탄생을 기뻐하는 것이오.

14
플랫랜드의 본질에 대하여 얼마나 내가 헛되이 설명했는가

　황홀경의 상태에 있는 왕을 상식의 수준으로 끌어내려야 할 때가 되었다고 나는 생각했습니다. 그리고 그에게 진실, 즉 플랫랜드의 본질에 대해 조금이라도 알게 해야겠다고 결심했습니다. 그래서 이렇게 시작했습니다. "폐하께서는 백성들의 위치와 모양을 어떻게 구별하십니까? 폐하의 왕국에 들어오기 전에 저는 시각에 의해 구별했습니다. 몇몇 사람들은 선이고 다른 이들은 점이며, 그중 몇몇 선들은 훨씬 컸습니다." "그대는 불가능한 일을 말하고 있소."

왕이 가로막았습니다. "그대는 허깨비를 본 것이 틀림없소. 왜냐하면 시각에 의해서 선과 점 사이의 차이를 발견한다는 것은, 우리 모두가 알고 있는 사물의 본성에 비추어 볼 때 불가능한 일이오. 그 차이는 청각에 의해서만 발견될 수 있으며, 같은 수단에 의해서 짐의 모양도 정확히 확인할 수 있을 뿐이오. 짐을 보시오. 짐은 하나의 선이오. 이 라인랜드에서 6인치15.24cm의 공간을 가진, 가장 긴 선이오." "6인치의 길이겠지요." 나는 감히 이렇게 대꾸했습니다. "어리석은 사람!" 왕이 말했습니다. "공간은 길이일 뿐이오. 다시 한 번 짐의 말을 가로막는다면, 가만 두지 않겠소."

나는 용서를 빌었습니다. 하지만 그는 계속 꾸짖었습니다. "그대의 이해력이 좀 둔한 것 같으니 그대의 귀로 확인시켜 주겠소. 어떻게 짐의 두 목소리를 듣고 짐의 두 아내가 짐의 모양을 아는지 그대의 귀로 똑똑히 확인해보시오. 지금 이 시간, 한 명은 여기서부터 북쪽으로 6,000마일 70야드 2피트 8인치6956.781km 떨어져 있고, 또 한 명은 그 거리만큼 남쪽에 있는 아내들을 불러 보겠소."

그는 슈우! 하고 소리치더니 흡족한 태도로 계속했습니다. "지금 짐의 목소리를 듣고 짐의 아내들은 첫 번째 소리가 두 번째 소리보다 6.457인치16.40cm만큼 나중에 도달한다는 것을 알 것이오. 그래서 짐의 아내들은 내 두 입 중 하나가 다른 입보다 6.457인치만큼

멀며, 그 결과 짐의 모양은 6.457인치라는 사실을 자연스럽게 추론할 것이오. 물론, 짐의 아내들이 내 두 목소리를 들을 때마다 이런 계산을 하지는 않소. 그들은 결혼하기 전 오직 한 번 계산할 뿐이오. 그러나 그들은 언제라도 그것을 할 수 있소. 같은 방법으로 짐은 청각을 이용해서 짐의 백성들 누구라도 그들의 모양을 측정할 수 있소."

"하지만 만약에 남자가 그의 두 목소리 중 한 목소리로 여자 목소리를 흉내 낸다면 어떻게 됩니까? 또 그의 남쪽의 목소리가 북쪽의 메아리와 구별될 수 없을 정도로 꾸며졌다면 어떻게 됩니까?" 내가 말했습니다. "그런 속임수 때문에 꽤 불편해지지 않는지요? 그리고 사기술을 체크할 수단을 갖고 있지는 않습니까? 이를테면 폐하의 백성들이 서로를 느끼도록 하는 것 말이죠." 이것은 물론 어리석은 질문이었습니다. 왜냐하면 느낌은 그러한 목적에 부합되는 해답이 될 수 없었기 때문입니다. 그러나 나는 왕을 화나게 할 요량으로 질문을 했고, 그것은 완벽하게 성공을 거두었습니다.

"무엇이라고!" 그가 두려움에 떨며 소리 질렀습니다. "그대가 말한 의미를 설명하시오." "느끼고 만지고 접촉하는 것이지요." 내가 대답했습니다. "만약 그대가 말하는 '느낌'의 의미가 두 개인이 둘 사이에 공간이 전혀 없을 정도로 그렇게 가깝게 접근하는 것이라면, 이방인이여 명심하시오! 짐의 왕국에서 그러한 위법행위는 죽음으로 다스려질 것이오. 그 이유는 분명하오. 그런 접근으로 쉽게 부서질 염려가 있는 연약한 형상의 여자들은 국가에 의해 보호받아야 하오. 그러나 여자들은 단지 시각적으로는 남자들과 구별되지 않소. 따라서 남자는 물론 여자도 서로 너무 가까이 접근해서는 안 된다는 것이 자연의 법칙이오.

또 그대가 '만진다' 고 일컫는, 이 불법적 이면서도 부자연스러울 정도로 과도한 접근에 의해서 도대체 무엇을 이룰 수 있겠소? 그 조잡하고 야만적인 과정(=만지는 것)을 통해 얻을 수 있는 모든 결과는 청각을 활용하면 더 빠르고 정확하면서도 쉽게 얻을 수 있는 데 말이오. 또 그대는 사기술의 위험에 대해서 말했소? 한 마디로 말해서, 그런 것은 존재하지 않소. 왜냐하면 목소리는 그 존재의 본질이라고 할 수 있기 때문에, 의지에 의해서 임의로 바뀔 수 있는 것이 아니기 때문이오. 설사 만약에, 견고한 사물을 통과할 수 있는 능력이 짐에게 있다고 합시다. 그래서 '느낌' 이라는 감각을 통해 각각의 크기와 거리를 입증하면서, 수천만에 이르는 내 백성들 옆을 통과해서 지나갈 수 있다고 해봅시다. 도대체 그와 같이 부정확하고 우스꽝스러운 방법을 쓴다면, 얼마나 많은 시간과 정력이 낭비되겠소? 반면에 청각을 통해 듣고 있는 지금 이 순간, 짐은 라인랜드에 있는 모든 살아있는 존재의 정신적, 영적, 육체적, 지역적 현황을 있는 그대로 파악할 수 있소. 귀를 기울여 보시오. 듣기만 해 보시오!"

그는 그렇게 말하더니 잠시 말을 끊었습니다. 그리고는 마치 엑스타시에 빠진 사람처럼 어떤 소리에 귀를 기울였습니다. 그 소리가 내게는 릴리프트lilliput : 걸리버 여행기에 나오는 소인국의 수많은 메뚜기들이 찍찍거리는 울음소리 같았습니다.

"진실로 폐하의 청각은 꽤 괜찮은 이점을 가져다주고 여러 가지 부족한 결핍들을 보충해 주고 있군요." 내가 대답했습니다. "하지만 안타깝게도, 라인랜드의 삶이 필연적으로 따분할 수밖에 없을 것이라는 점을 지적하고 싶습니다. 하나의 점밖에는 볼 수 없다는 것! 하나의 직선에 대해서도 심사숙고할 수 없다는 것! 아니 직선이 무엇인지도 알 수 없다는 것! 플랫랜드의 우리에게 허용된, 선에 대한 전망조차 가질 수 없는 것! 제게는 폐하와 같은 청각 구별 능력이 없다는 사실을 저도 인정합니다. 폐하께 그토록 큰 즐거움을 주는 라인랜드의 음악회라는 것도, 제게는 찍찍대는 울음과 킥킥거리는 웃음소리가 뒤엉킨 소음에 불과합니다. 그러나 저는 최소한 시각에 의해 점과 선을 구별할 수 있습니다. 그리고 증명해 보이겠습니다. 제가 이 왕국에 오기 전에 저는 폐하께서 왼쪽에서 오른쪽으로, 그리고 다시 오른 쪽에서 왼쪽으로 춤을 추시는 것을 보았습니다. 폐하의 바로 왼쪽에 있는 일곱 명의 남자와 한명의 여자, 그리고 오른쪽에 있는 여덟 명의 남자와 두 명의 여자와 함께 말입니다. 맞습니까?"

"그대가 말하는 '왼쪽'이니 '오른쪽'이니 하는 말이 무슨 뜻인지는 모르겠으나 숫자와 성에 관해서는 정확히 맞소." 왕이 말했습니다. "하지만 짐은 그대가 이것들을 보았다는 사실에 대해 부정하고 싶소. 왜냐하면 그대가 어떻게 모든 남자들의 선을, 즉 그들의 내부를 볼 수가 있겠소? 그대는 그것들을 들은 것이 분명하오. 그리고 꿈에서 본 것이오. 그리고 그대가 말하는 '왼쪽'과 '오른쪽'이란 말의 뜻이 무엇인지 묻고 싶소. 내 생각에는 아마도 북쪽과 남쪽을 당신 나름대로 말한 것 같구려."

"결코 그렇지 않습니다." 내가 대답했습니다. "남쪽과 북쪽으로 움직이는 것 말고 제가 왼쪽에서 오른쪽이라고 부르는 또 다른 움직임이 있습니다."

왕: 괜찮다면 왼쪽에서 오른쪽으로 움직이는 동작을 내게 보여주시오.

나: 안 됩니다. 폐하께서 그 선에서 아주 자리를 떠나시어, 벗어나시기 전에는 불가능합니다.

왕: 짐의 선을 벗어나 잠시 떠나라고? 세상을 뜨라는 말이요? 이 공간을?

나 : 음, 그렇죠. 폐하의 세상을 떠나십시오. 폐하의 공간을. 왜냐하면 폐하의 공간은 진정한 공간이 아닙니다. 진정한 공간은 평면입니다. 하지만 폐하의 공간은 단지 하나의 선일뿐입니다.

왕 : 만약 그대가 왼쪽에서 오른쪽으로 움직이는 이 동작을 그 안에서 나타내 보일 수 없다면 짐에게 말로 설명해 보구려.

나 : 만약 폐하께서 폐하의 오른편과 왼편을 구별하실 수 없으시다면, 어떤 말로도 제가 말씀드린 의미를 명쾌하게 폐하께 설명해 드릴 수 없을 것 같아 두렵습니다. 그러나 분명히 폐하께서는 그렇게 간단한 구별을 못하실 리가 없습니다.

왕 : 짐은 그대의 말을 조금도 이해할 수 없소.

나 : 아! 도대체 어떻게 그것을 선명하게 할 수 있을까요? 폐하께서 똑바로 이동하실 때 다른 방향으로 움직일 수 있을 것 같지 않습니까? 즉, 폐하의 옆이 앞이 되도록 폐하의 눈을 돌리실 수 있을 것 같은 생각이 가끔 들지 않으십니까? 다시 말해서, 폐하의 양끝 방향으로 언제나 움직이는 대신에 다른 쪽 방향, 즉 폐하의 옆쪽으로 움직이고 싶으실 때가 전혀 없었

습니까?

왕 : 전혀! 그리고 도대체 그대는 지금 무슨 말을 하는 거요? 어떻게 사람의 내부가 다른 방향에서는 '정면'이 될 수 있소? 또 어떻게 사람이 그의 내부방향으로 움직일 수 있단 말이오?

나 : 음, 그러면 말로는 설명드릴 수 없으니까 행동으로 보여드리죠. 제가 폐하께 보여드리고 싶은 쪽으로 라인랜드에서 점점 벗어나 이동하겠습니다.

말을 하면서 내 몸을 라인랜드 바깥으로 움직이기 시작했죠. 내 몸의 일부가 그의 영역과 그의 시야에 남아있는 동안에 왕은 계속 소리를 질렀습니다. "그대를 지금 보고 있소. 그대는 가만히 있구려. 움직이고 있는 것이 아니오."

그러나 마침내 내가 선에서 완전히 빠져나오자 그는 가장 날카로운 목소리로 소리 질렀습니다. "그녀가 없어졌다. 그 여자가 죽

사라지기 직전의 내 몸체

었다." "저는 죽지 않았습니다." 내가 응답했습니다. "저는 단지 라인랜드 바깥에 있을 뿐입니다. 그러니까 폐하께서 공간이라고 말씀하시는 직선 바깥에 있으며, 사물을 원래 그대로 볼 수 있는 진정한 공간 안에 있습니다. 그리고 바로 지금 저도 폐하의 선, 폐하께서는 내부라고 부르시는 그 측면을 볼 수 있습니다. 또한 폐하의 북쪽과 남쪽에 있는 남자와 여자들도 볼 수 있으며, 그들의 순서와 크기와 그들 사이의 간격을 묘사하면서 지금 그들을 하나하나 세보이겠습니다."

아주 오랫동안 그들을 세보이고 나서, 나는 승리감에 도취되어 소리쳤습니다. "결국 폐하를 확신시켜 드리지 않았습니까?" 이렇게 한 후 나는 라인랜드로 다시 들어가 그전의 자리로 정확히 되돌아갔습니다.

그러나 왕은 응수했습니다. "비록 그대가 목소리를 한 개만 가지고 있어서 아직도 남자가 아니고 여자인 것 같소. 하지만 만약 그대가 조금이라도 지각 있는 남자라면, 그대는 이성에 귀 기울여야 할 것이오. 그대는 짐의 감각들이 파악하는 것 이외에 또 다른 선이 있으며, 짐이 매일 의식하는 것 외에 또 다른 동작이 있음을 짐보고 믿으라고 하였소. 이제 짐의 차례요. 짐은 그대에게 행동으로 보여줄 것을 요구했었소. 그런데 행동으로 보여주는 대신, 그대는 시야에서 사라졌다가 다시 나타나는 약간의 마술을 부렸을 뿐이오. 또 그대는 그저 40명 정도의 내 수행원들의 숫자와 크기를 말했오. 그것은 우리나라에서는 어린애들도 다 아는 사실을 짐에게 말했을 뿐이요. 이보다 더 얼토당토않으며 무례한 일이 있을 수 있겠소? 그대의 어리석음에 대해 인정하든가, 아니면 이제 그만 우리 영토에서 나가주시오."

그의 외고집에 화가 나고 특히 나의 성에 대해 그가 무지한 것에 대해 분개하여, 나는 전혀 절제되지 않은 말로 맞받아쳤습니다. "이 멍청한 자 같으니라고! 당신은 당신이 가장 완벽한 존재라고 생각하겠지만 사실 당신은 가장 불완전하고 어리석은 자야! 당신은 그저 점 하나 외에는 못 보면서, 모든 것을 보고 있다고 큰소리치고 있다고. 당신은 한 직선의 존재만을 추론하는 스스로에 대해 우쭐해 하겠지? 하지만 나는 직선들을 볼 수 있으며 각도와 삼각형, 사각형, 오각형, 육각형 그리고 동그라미의 존재까지 추론할 수 있어! 무슨 말이 더 필요하겠어? 나야말로 불완전한 당신의 완성품이라는 사실만으로 충분해. 당신은 하나의 선일뿐이야! 하지만 나는 내 나라에서는 사각형이라고 부르는, 많은 선들 중 하나의 선이야. 그리고 비록 당신과 비교해서 엄청나게 우월한 나이지만 플랫랜드의 귀족 사이에서는 하잘 것 없는 존재에 불과하지. 그래서 나는 당신들의 무지를 계몽시키려는 희망을 갖고, 여기를 방문하게 되었던

거야!'

이 말을 듣고 왕은 마치 나를 대각선으로 자를 것처럼 무시무시하게 소리지르면서 내 쪽으로 달려 왔습니다. 그리고 바로 그 순간에 수만 명에 이르는 그의 백성들이 마치 전쟁이라도 할 것처럼 고함을 질렀습니다. 그 소리가 격렬하게 커져서, 마침내는 수만 이등변삼각형 군대의 함성소리나 천명의 오각형 보병들의 소리에 버금간다고 생각되었습니다. 주문에 걸린 듯 넋이 나가 꼼짝 않은 채, 나는 임박한 파국에 대해 말할 수 없고 피할 수도 없었습니다. 그리고 그 시끄러운 소리는 점점 커져갔고 왕이 점점 내게 가까이 다가왔습니다. 바로 그때 아침식사를 알리는 종소리에 잠이 깨어, 나는 플랫랜드의 현실로 돌아왔습니다.

15
스페이스랜드에서 온 이방인에 대하여

나는 꿈에서 깨어나 현실로 돌아 온 것입니다.

우리 연대로 1999년의 마지막 날이었습니다. 밤새 비가 후두득거리며 내리고 있었습니다. 나는 아내와 함께 앉아서5) 지나간 일들을 되돌아보고 다가오는 새해, 새로운 세기, 새로운 밀레니엄의 전망에 대해서 생각하고 있었습니다.

네 명의 내 아들과 두 명의 부모 없는 손자들은 각기 자기들의 아파트로 돌아갔습니다. 내 아내만이 내 곁에서 두 번째 밀레니엄이 지나가고 세 번째 밀레니엄이 도래하는 것을 지켜보고 있었습니다.

나는 내 가장 어린 손자가 가끔 했던 몇 가지 말들에 대해 숙고하느라고 정신이 팔려 있었습니다. 그 녀석은 비범할 정도로 총명하고 완벽한 각도를 가지고 있어서, 아주 장래가 촉망되는 어린 육각형이었습니다. 그 애의 삼촌(즉, 내 아들)과 나는 시각인식법을 실례를 들어가며 가르쳤습니다. 즉 우리 몸의 중심을 잡고 우리 모습을 천천히, 혹은 빠르게 돌려보면서 우리의 위치에 대해 질문을 하곤 했습니다. 녀석의 대답은 너무나 만족스러워서 나는 보상으로 녀석에게 기하학에도 적용될 수 있는 산수에 대해 약간 가르쳐 주었습니다.

나는 각 변의 길이가 1인치인 정사각형 9개를 합쳐서, 변의 길이가 3인치인 정사각형 하나를 만들어 보였습니다. 그리고 어린 손자

---

5) 물론 내가 '앉아서' 라고 말할 때 그 의미는 여러분들의 스페이스랜드에서 뜻하는 것 같이 어떤 자세의 변화를 말하는 것은 아닙니다. 왜냐하면 우리는 발이 없기 때문에, 여러분들의 구두창이나 넙치만큼 (여러분들이 말하는 의미에서) '앉거나 서 있을' 수가 없기 때문입니다. 그럼에도 불구하고 '눕다' '앉다' '서다' 라고 말할 때, 그것이 함축하는 의지의 정신적 상태가 어떻게 다른지 우리는 잘 알고 있습니다. 이것들은 의지작용이 증가함에 따라 광택이 약간 희미해지는 것으로 나타나기 때문에, 어느 정도는 보는 사람이 알아차릴 수 있습니다. 하지만 주제가 수천 가지나 남아 있기 때문에, 자세히 다룰 여유가 내게는 없습니다.

에게 정사각형 양 측면의 인치수를 단순히 제곱함으로써 (비록 우리가 정사각형의 내부를 볼 수는 없지만) 그 큰 정사각형 내부의 작은 정사각형 수, 즉 면적을 확인할 수 있다는 것을 증명해 주었습니다. "그래서." 내가 말했죠. "3^2 즉 9는 전체 길이가 3인치인 큰 정사각형의 면적을 나타낸단다." 내 어린 육각형 손자는 여기에 대해 곰곰이 생각하더니 내게 말했습니다. "하지만 할아버지께서 숫자는 3제곱까지도 가능하다고 가르쳐주셨어요. 제 생각에 3^3은 기하학에서 분명히 무슨 의미가 있을 것 같아요. 무엇을 의미할까요?" 나는 대답했습니다. "아무것도 의미하지 않아! 최소한 기하학에서는 아무 의미도 없단다. 왜냐하면 기하학은 오직 2차원만을 가지니까." 그리고 나는 녀석에게 한 점을 3인치만큼 움직여 3인치 길이의 선을 만들어 보이고 이것은 3이라 했습니다. 그리고 3인치의 선 하나를 평행하게 옆으로 3인치만큼 움직여서 각 변의 길이가 3인치인 정사각형을 만들어 보이고 이것이 3^2이라고 설명해 주었습니다.

이에 내 손자는 녀석의 이전 제안으로 돌아가서 갑자기 소리쳤습니다. "음, 그러면, 만약 한 점을 3인치만큼 움직여서, 3인치의 직선을 만들고 이것을 3으로 표시할 수 있지요. 또 3인치의 직선을 평행으로 움직여서 모든 변의 길이가 3인치인 정사각형을 만들고 이를 3^2이라 표시할 수 있겠지요. 그러면 각 변의 길이가 3인치인 정사각형을 (어떻게 가능한지는 볼 수 없지만) 그대로 평행하게 움직여 각각의 변이 3인치인 그 무엇인가를 (그것이 무엇인지는 저도 모르겠어요) 만들 수 있을 것이고, 그것은 분명히 3^3으로 표시할 수 있지 않을까요?"

"네 침대로 가서 자!" 나는 그의 말대꾸에 약간 기분이 상해서 말했습니다. "네가 조금만 덜 엉뚱하게 말한다면, 좀 더 지각 있게 기억할 수 있을게다."

그래서 손자는 나가버렸고 나는 내 아내 옆에 앉았습니다. 그리고 1999년을 회고하면서 2000년의 가능성을 생각하려 힘써 보았지만, 똑똑한 내 어린 육각형이 제기했던 질문을 떨쳐버릴 수 없었습니다. 30분짜리 모래시계에 이제 모래가 얼마 남지 않았습니다. 공상에서 깨어나 나는 두 번째 밀레니엄의 마지막 시간을 위해 그 모래시계를 북쪽으로 돌리면서 크게 소리질렀습니다. "그 녀석은 바보야!"

나는 그때 방에서 나를 오싹하게 할 정도로 차가운 입김을 내뿜는 어떤 존재를 느낄 수 있었습니다. "그 애는 바보가 아니에요." 아내가 소리쳤습니다. "당신은 지금 손자를 망신 주면서 신의 규율을 어기고 있어요." 그러나 나는 그녀의 말에 신경 쓰지 않았습니다. 대신에 주위를 둘러보았지만 아무것도 볼 수 없었습니다. 하지만 여전히 어떤 존재를 '느낄 수' 있었고 차가운 속삭임이 다시 다가옴에 따라 오싹해졌습니다. 나는 벌떡 일어났습니다. "무슨 일이에요?" 아내가 말했습니다. "찬바람이 들어올 틈이 없는데 뭘 찾고 있나요? 아무것도 없잖아요." 아무것도 없었습니다. 나는 다시 자리에 앉아서 소리쳤습니다. "그 녀석이 바보라고 했어. 3^3은 기하학에서 아무 의미도 없어!" 바로 그때 대답이 똑똑하게 들렸습니다. "그 애는 바보가 아닙니다. 3^3은 분명히 기하학적 의미를 가지고 있습니다."

비록 아내는 그 의미를 이해할 수 없었겠지만, 나 뿐 아니라 아내도 분명히 그 말을 들었고 우리는 둘 다 소리 나는 쪽으로 튕겨나가듯 달려갔습니다. 우리 앞에 어떤 모습이 나타난 것을 보았을 때 우리가 얼마나 놀랬던지! 처음 옆에서 언뜻 보았을 때는 여자같이 보였습니다. 그러나 조금 더 관찰해 보니 양끝이 너무 급격하게 희미해져서 여성이라고 보기가 어려웠습니다. 나는 그를 동그라미라고 생각할 뻔했습니다. 내가 여태까지 경험했던 그 어떤 규칙적 도형이나 동그라미도 그런 방식으로 그 크기를 변화시키지는 못하기 때문이지요.

그러나 아내는 이런 특성들을 알아챌 수 있을 정도로 냉철하거나 경험이 많은 건 아닙니다. 무분별한 질투심과 통상적인 성급함 때문에, 아내는 어떤 여자가 작은 문틈으로 집에 들어왔다고 즉각 결론 내려 버렸습니다. "어떻게 이 사람이 여기 들어왔죠?" 아내가 소리 질렀습니다. "여보. 당신 분명히 우리 새 집에는 문틈이 없다고 확인했잖아요." "물론 없지." 내가 말했습니다. "그런데 당신은 왜 이 이방인이 여자라고 생각하지? 내가 시각인식법으로 보니까…." 아내가 내 말을 가로 막았습니다. "오! 난 당신의 시각인식법을 참을 수 없어요. '느끼는 것이 믿는 것이다' 그리고 '직선을 만지는 것은 동그라미를 보는 것만큼이나 가치 있다' 이런 말 모르세요?" 이 말은 플랫랜드의 좀 더 연약한 성인 여자들 사이에서 통용되는 속담 두 가지입니다.

"음, 꼭 그래야 한다면 소개 좀 해달라고 해요." 아내를 화나게 할까봐 내가 말했습니다. 나름대로 가장 정중한 태도로 아내는 이 방인에게 다가갔습니다. "부인, 느껴도 될까요. 그리고…." 갑자기 아내가 움찔했습니다. "오! 여자가 아니야. 그리고 각도가 없어. 전혀 각의 흔적도 없는 동그라미예요. 제가 감히 완벽한 동그라미에게 이렇게 무례하게 굴다니…."

"나는 어떤 의미에서는 정말 플랫랜드의 그 누구보다도 완벽한 동그라미입니다." 목소리가 대답했습니다. "하지만 좀 더 정확하게 말한다면, 내 안에 여러 동그라미를 담고 있는 동그라미입니다." 그리고 그는 더 부드럽게 덧붙였습니다. "사모님, 저는 남편에게 전할 메시지를 가져왔습니다. 사모님 앞에서 전달하기 곤란한 것인데, 괜찮으시면 잠시 저희가 자리를 옮겨서…." 그러나 아내는 우리의 존엄하신 방문객이 그와 같은 불편을 감수하겠다는 요청을 받아들이지 않았습니다. 그 대신 아내 자신이 아주 오랫동안 자리를 비켜주겠다는 걸 확실히 하고, 방금 범했던 자신의 무례함에 대해 거듭거듭 사죄를 한 후에야 비로소 아파트로 물러났습니다.

나는 30분짜리 모래시계를 흘깃 보았습니다. 마지막 모래도 다 떨어졌습니다. 세 번째 밀레니엄이 시작된 것입니다.

16
스페이스랜드의 신비에 대해서 이방인이 얼마나 내게 말로 헛되이 설명하려 했는가

떠나가는 아내의 '평화의 소리'가 사라지자마자, 그를 좀 더 가까이서 볼 요량으로 이방인에게 다가가기 시작했습니다. 그러나 그의 모습에 너무 놀라 나는 그만 말을 잊은 채 멍하니 있었습니다. 각이라고는 조금도 없었습니다. 그럼에도 불구하고 이제까지의 내 경험상으로는 그 어떤 형상도 흉내 낼 수 없게 그의 크기와 밝기는 매 순간마다 다양하게 변해갔습니다. 갑자기 내가 강도나 흉악범 같은 불규칙 이등변삼각형 괴물을 만난 것이 아닐까 하는 생각이

머리를 스쳤습니다. 그가 동그라미 목소리를 흉내 내어 우리 집에 들어오는 것을 허락받은 후, 날카로운 그의 각으로 나를 찌르려고 할지도 모른다는 생각이 불현 듯 들었습니다.

응접실이고, 안개도 없었고, 또 나 자신이 너무 두려운 나머지, 나는 무례하게 그에게 다가 갔습니다. 마침 굉장히 건조한 계절이었고, 특히 내가 서 있는 위치로 부터 너무 가까웠기 때문에 나는 시각인식법을 신뢰하기가 어려웠던 것이지요. "선생님, 용서하시기 바랍니다." 그리고 그를 만져서 느껴보았습니다. 아내가 옳았습니다. 각이라고는 전혀 없었고, 울퉁불퉁하거나 거친 구석이라고는 하나도 없이 너무나 매끄러웠습니다. 내 생애 그렇게 완벽한 동그라미는 처음이었습니다. 내가 그의 주변을 천천히 한 바퀴 걸으면서 돌 동안, 그는 꼼짝 않고 있었습니다. 완벽한 동그라미, 정말로 만족스러운 동그라미! 의심할 여지가 없었습니다. 정사각형인 내가 감히 동그라미를 '느끼는' 불충한 죄를 범했기 때문에 나는 부끄러움과 수치심에 싸여 그에게 백배사죄를 했습니다. 다음의 내용들은 지나치게 많은 내 사죄의 말을 제외하고는 기억나는 한 모두 적어놓은 그와의 대화입니다. 장황스러운 내 소개절차에 참지 못하고 그가 먼저 대화를 시작했습니다.

이방인: 이제 나를 충분히 느꼈습니까? 아직도 당신을 다 소개하

지 못했나요?

나 : 고명하신 선생님, 저의 망령됨을 용서하십시오. 제가 지체 높으신 분들의 예법을 몰라서 그런 것이 아니었습니다. 너무도 뜻밖의 이 방문에 그만 당황스러워서 그랬습니다. 그리고 이 무례함을 아무에게도, 특히 제 아내에게는 절대 이야기하지 마시기를 간청 드리는 바입니다. 그런데 얘기가 더 진전되기 전에, 황송하지만 어디서 오셨는지 제가 여쭤보아도 되겠는지요?

이방인 : 공간으로부터 왔지요. 다른 곳으로부터 올 수 있나요?

나 : 죄송합니다만 선생님, 이 보잘 것 없는 저와 함께 선생님께서는 이미 공간에 계시지 않으셨습니까?

이방인 : 푸하하하! 당신이 알고 있는 공간이란 게 대체 뭐요? 공간의 정의를 한 번 내려 보세요.

나 : 공간이란 너비와 높이의 무한한 연장입니다. 선생님.

이방인 : 맞아요. 당신은 공간이 무엇인지는 잘 모르지만 지금 그

것을 보고 있습니다. 단지 그것을 2차원으로만 생각하지요. 그러나 나는 3차원을 알리러 왔습니다. 높이, 너비, 그리고 길이.

나 : 선생님께서는 농담을 즐기시는군요. 저희들도 길이와 높이, 혹은 너비와 두께를 말하기 때문에 2차원을 네 가지 이름으로 이야기하는 것입니다.

이방인 : 내가 말하는 것은 그저 3가지 이름이 아닙니다. 3차원입니다.

나 : 제가 모르는 제3의 차원이 어느 쪽인지 선생님께서는 가리키거나 설명해 주실 수 있습니까?

이방인 : 내가 거기에서 왔습니다. 그것은 이 위쪽과 아래쪽이지요.

나 : 선생님께서는 지금 북쪽과 남쪽을 말씀하시는 것 아닙니까?

이방인 : 그런 종류가 아닙니다. 당신이 옆에 눈이 없기 때문에 볼 수 없는 방향이 있어요. 나는 그런 방향을 말하고 있는

것입니다.

나 : 죄송합니다만 선생님, 조금만 살펴보시면 제 양쪽 옆 구멍에서 환하게 빛을 발하는 게 있다는 걸 아실 겁니다.

이방인 : 그래요. 하지만 공간을 보려면 당신의 둘레 주변이 아니라 당신의 옆쪽 바로 거기에 눈이 있어야 합니다. 어쩌면 당신들은 그것을 안쪽이라 부르는지 모르겠으나 우리 스페이스랜드에서는 옆쪽이라 부릅니다.

나 : 내 안쪽의 눈! 내 배 속의 눈이라니! 선생님 지금 농담하시는군요.

이방인 : 난 지금 농담하는 게 아닙니다. 나는 공간으로 부터 왔다고 말하고 있습니다. 당신은 공간의 의미를 이해할 수 없을 테니까 3차원의 나라에서 왔다고 말씀드리지요. 최근에 그곳에서 나는 당신이 실제로 공간이라 부르는 당신들의 평면을 내려다보았습니다. 거기에서 나는 당신들이 말하는 모든 견고한 것들(당신들에겐 '4면으로 둘러싸인 것'이란 뜻이지요), 즉 당신의 집들과 교회들, 장롱과 금궤, 심지어 당신들 내부의 창자까지도, 내 시

야에 노출된 모든 것들을 구별할 수 있었습니다.

나 : 그런 말은 쉽게 하실 수 있겠지요.

이방인 : 하지만 쉽게 증명할 수는 없다는 뜻이군요. 내 말을 증명해 보이겠습니다. 여기서 보면 오각형인 당신의 두 아들과 육각형인 두 손자가 각기 자기네 아파트에 있는 게 보입니다. 당신의 어린 육각형 손자가 잠시 당신과 함께 있었죠. 당신과 당신 아내만을 남겨둔 채 방금 자기 방으로 간 것도 보았습니다. 이등변삼각형인 당신 하인 3명이 부엌에서 저녁식사 하는 것과, 어린 급사 아이가 설거지하는 것도 보았습니다. 그때에 내가 여기 왔는데, 당신은 내가 어떻게 여기 왔다고 생각하시나요?

나 : 아마도 지붕을 통해서겠지요.

이방인 : 그렇지 않습니다. 당신이 잘 아시겠지만, 당신네 지붕은 최근에 수리를 했기 때문에 여자들도 그 구멍으로는 통과할 수 없어요. 분명히 말하건대 나는 (3차원) 공간에서 왔습니다. 지금 내가 당신의 아이들과 집에 대해서 이야기했는데 믿어지지 않습니까?

나 : 제 이웃이나 하인들도 그 정도 정보는 쉽게 얻을 수 있을 테고, 선생님은 그들을 쉽게 접촉할 수 있었겠지요.

이방인 : (혼잣말로) 무엇을 해야 하지? 잠깐, 좋은 생각이 났다! 당신이 만약 직선을 하나 본다면, 예를 들어 당신 아내를 본다면 그것은 몇 차원입니까?

나 : 선생님께서는 저를 마치 수학에 대해 전혀 모르는 문외한인 것처럼 취급하시는군요. 제가 여자를 1차원만을 가진 직선으로 여긴다고 정말 생각하시는 모양인데, 절대 그렇지 않습니다. 우리 사각형들은 직선이라고 불리지만 여자는 실제로, 그리고 과학적으로 말하면 아주 가느다란 평행사변형입니다. 우리들처럼 길이와 너비(혹은 폭)를 가진 2차원이지요.

이방인 : 어떤 선을 본다는 사실은 그것이 또 다른 차원을 가지고 있다는 것을 뜻하지 않나요?

나 : 선생님, 저는 여자가 길이와 함께 너비도 가지고 있다는 것을 막 인정했습니다. 우리는 그녀의 길이를 보고 그녀의 너비를 추정합니다. 그것은 아주 미세하기는 하지만 측정 가능합니다.

이방인 : 당신은 내말을 이해하지 못하고 있습니다. 내 말뜻은 당신이 여자를 볼 때 그 여자의 너비 말고도 그 여자의 길이를 볼 수 있어야 하고, 또 그 높이를 볼 수 있어야 한다는 것입니다. 비록 그 차원이 당신네 나라에서는 지극히 미세한 수준이라 해도 말입니다. 만약 하나의 선이 높이는 없고 단지 길이만 있다면, 그것은 공간을 더 이상 점유하지 않고 보이지도 않을 것입니다. 이것을 분명히 인식해야 하지 않나요?

나 : 제가 선생님의 말을 전혀 이해하지 못하고 있다는 사실을 고백해야겠군요. 저희 플랫랜드에서 선을 볼 때 우리는 그 길이와 밝기를 봅니다. 만약 밝기가 없어져 어두워졌다면 그 선은 사라진 것이고, 선생님께서 말씀하신 것처럼 더 이상 공간을 점유하지 않는 것이죠. 하지만 선생님께서는 그 밝기에 단지 차원을 하나 더 부여하신 것뿐이라고 제가 생각해도 될까요? 저희가 '밝기'라고 부르는 것을 '높이'라고 부르신다고 말입니다.

이방인 : 아닙니다, 절대로! 당신이 생각하는 것처럼, '높이'라는 것은 그것이 매우 미세하다고 해서 쉽게 지각할 수 있는 것은 아닙니다.

나: 선생님의 주장은 쉽게 검증할 수 있습니다. 선생님께서 '높이'라고 부르시는 제3의 차원을 제가 지금 가지고 있다고 선생님께서는 말씀하셨습니다. 차원은 방향과 크기를 가지고 있습니다. 나의 '높이'를 측정해 보세요. 그렇지 않으면 나의 '높이'가 뻗어나간 방향을 내게 가리켜 보십시오. 그러면 저는 선생님 말씀을 완전히 믿겠습니다. 그렇지 않으면 선생님은 분명 잘못 이해하신 겁니다.

이방인: (혼자말로) 아무것도 할 수 없는데. 어떻게 그를 믿게 하나? 시각으로 제시하고 그 사실에 대해 쉽게 설명하면 충분히 이해하겠지. 자, 들어보세요.

당신은 지금 평평한 평면 위에 살고 있습니다. 당신이 플랫랜드라고 부르는 것은 내가 유동체라고 부르는 것의 광대한 표현인데, 그 꼭대기의 위, 혹은 안쪽에서 당신과 당신나라 사람들이 위 아래로 오르내리는 일 없이 움직이고 있습니다.

나는 평평한 도형이 아니라 입체입니다. 당신은 나를 동그라미라고 부릅니다. 하지만 사실은 나는 동그라미가 아니라 수많은 동그라미들의 집합체입니다. 그 크기가,

조그만 점에서부터 어떤 것은 지름이 13인치나 되는 동그라미에 이르기까지, 다양한 동그라미들의 집합체입니다. 내가 지금 하는 것처럼 당신들이 이 평면을 자른다면, 이 평면에서 나는 당신들이 동그라미라고 부르는 모양을 만들 수 있습니다. 심지어 구球 ; Sphere조차도 (우리나라에서는 이것이 좀 더 정확한 나의 이름입니다) 그가 만약 플랫랜드의 모든 거주자들에게 자신을 드러내 보여야 한다면, 그는 자신을 동그라미로 나타내야 할 것입니다.

나는 모든 것을 볼 수 있어요. 어젯밤 라인랜드에 관한 당신의 환상들을 나는 볼 수 있습니다. 이를테면 당신이 언제 어떻게 라인랜드의 영역으로 들어갔는가 기억나지 않나요? 라인랜드의 왕에게 당신은 정사각형이 아니라 단지 하나의 직선으로 밖에 스스로를 드러내 보일 수밖에 없었죠? 당신의 전체를 보여줄 수 있는 차원이 없어서 당신의 일부분만을 보여줬기 때문에 말이지요. 2차원의 당신나라에서는 3차원의 존재인 나를 충분히 드러낼 수 없습니다. 단지 당신이 동그라미라고 부르는 한 조각이나 부분만을 드러낼 수 있습니다.

당신의 눈빛을 보니 별로 믿지를 않는 것 같군요. 하지만 이제 내 주장을 증명해 보일 테니 준비하세요. 당신은 사실 내 부분들 즉, 동그라미들 중의 하나 밖에는 볼 수 없습니다. 왜냐하면 당신을 플랫랜드의 평면에서 벗어나도록 위로 추켜올릴 수 없으니까요.

그러나 내가 3차원의 공간에서 일어나 위로 올라갈수록 당신은 최소한 나의 부분들이 점점 작아지는 것을 볼 수 있습니다. 자 이제 보세요. 제가 위로 올라갑니다. 그러면 내 동그라미들은 점점 작아져서 점이 되었다가 나중에는 사라지는 것을 눈으로 확인할 수 있을 것입니다.

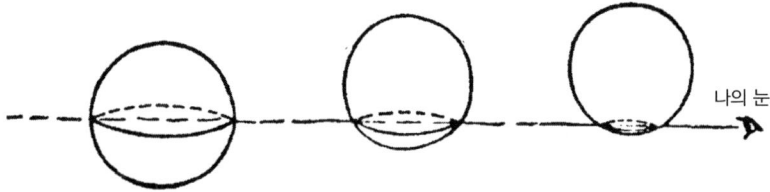

(1) 그의 전체 모습을 보여주는 구 (2) 자리에서 일어서는 구 (3) 한점으로 점점 사리지는 구

나의 눈

'올라간다' 는 것을 나는 볼 수 없었습니다. 그러나 그는 점점 작아졌고 나중에는 사라졌습니다. 혹시 내가 꿈을 꾸고 있는 것이 아닌가 해서 나는 눈을 한두 번 깜빡거렸습니다. 그러나 꿈은 아니었

습니다. 왜냐하면 어디서 들려오는지 모를 심연으로부터, 텅 빈 것 같은 목소리가 마치 내 심장에 와 닿는 것처럼 울렸기 때문입니다. "내가 완전히 없어졌습니까? 이제 믿을 수 있어요? 자, 그럼 다시 플랫랜드로 천천히 돌아가겠습니다. 내 부분이 점점 커지는 것을 보게 될 것입니다."

스페이스랜드의 모든 독자들은 이 신비한 방문객이 진실을 아주 쉽고 단순하게 말하고 있다는 것을 이해할 것입니다. 하지만 내게 는, 플랫랜드의 수학자인 내게는 결코 단순한 사실이 아니었습니 다. 위에 그려진 간략한 그림은 구가 세 지점으로 점점 올라감에 따라 나를 비롯한 모든 플랫랜드 사람들에게 어떻게 보이는가를 설명하고 있습니다. 처음에는 커다란 동그라미로 보이다가, 점점 작아져서 한 점으로 보이다가, 나중에는 아주 사라지는 현상말입니다. 이것은 스페이스랜드의 어린애도 쉽게 이해할 것입니다. 하지만 비록 내 눈으로 직접 보았음에도 불구하고 그 원인은 내게 여전히 의혹이었습니다. 내가 이해한 것이라고는 동그라미가 점점 작아지다가 사라졌다는 것, 그리고 다시 갑자기 커져서 나타났다는 것뿐이었습니다.

그가 다시 원래의 크기를 되찾았을 때 그는 깊은 한숨을 내쉬었습니다. 왜냐하면 나의 침묵을 통해 내가 완전히 이해하지 못했음을 깨달았기 때문입니다. 그리고 정말로 나는, 그가 동그라미는 결코 아니라고 믿고 싶어졌습니다. 굉장히 교활한 사기꾼이거나, 혹은 옛날이야기가 사실이라면 거기 나오는 마법사나 요술쟁이일 것이라는 생각이 든 것이죠.

오랜 침묵이 흐른 후 그가 혼자 중얼거렸습니다. "행동으로 보여주는 것 말고, 딱 한 가지 방법이 있지. 유추법Method of analogy을 시도할 수밖에 없겠군." 그리고 다시 더 오랜 침묵이 흐른 후 그는 우리의 대화를 계속했습니다.

구: 말해보세요. 수학선생님. 만약 점 하나가 북쪽으로 이동해서 선명한 흔적을 남긴다면, 당신은 이 흔적을 무엇이라 부르겠습니까?

나: 직선이죠.

구: 그리고 직선 하나는 몇 개의 끝점을 가지고 있습니까?

나: 두 개요.

구: 이제 북쪽으로 뻗은 직선이 그대로 동쪽에서 서쪽으로 평행

이동한다고 생각해 보세요. 그 직선 안의 모든 점이 그 흔적을 따라 가는 것이지요. 그렇게 해서 만들어진 도형을 무엇이라 부르겠습니까? 원래의 직선으로부터 동일한 거리만큼 이동했다고 가정할 때 말입니다. 무엇입니까?

나 : 사각형

구 : 그리고 사각형 하나는 몇 개의 변과 각을 가집니까?

나 : 4개의 변과 각을 갖죠.

구 : 자 이제 당신의 상상력을 조금만 더 발휘해 보십시오. 플랫랜드의 사각형이 그대로 평행하게 위쪽으로 이동하는 것을 상상해 보십시오.

나 : 어디요? 북쪽으로?

구 : 아니, 북쪽이 아닙니다. 위쪽으로, 플랫랜드를 완전히 벗어나 위쪽으로! 만약 그것이 북쪽으로 이동한다면 사각형의 남쪽에 있는 점들은 그대로 이동해야 합니다. 북쪽의 점들이 그 전에 점유했던 위치로 말이지요. 하지만 내 말은 그게 아

닙니다.

당신이 마침 정사각형이니까 당신을 예로 들어 설명해보지오. 내가 의미하는 것은, 사각형인 당신 안의 모든 점들이, 다시 당신의 어법으로 말하면 당신 내부의 모든 점들이, 그대로 3차원의 공간인 위쪽으로 이동하는 겁니다. 그때 어떤 점들도 그 이전에 다른 점들이 점유했던 위치를 절대 다시 지나가면 안 됩니다. 그런 방법으로 이동하면서, 각각의 점은 그 자체 하나의 직선을 이루도록 이동하는 겁니다. 이것이 바로 유추에 따르는 것 in accordance with analogy입니다. 당신에게 이것은 틀림없이 명쾌한 설명일 것입니다.

이 방문객을 확 밀쳐버리면서 이 플랫랜드를 떠나 그의 3차원 공간으로 꺼져버리라고 말하고 싶었습니다. 그러나 그 유혹을 억지로 참으면서 나는 대꾸했습니다.

나: 당신이 '위쪽'으로 라고 즐겨 말하는 그 방향으로 이동하여 지금 내가 어떤 형상(도형)을 만든다고 할 때, 도대체 그것의 본질은 무엇이오? 추정컨대 그것은 플랫랜드의 언어로도 기술할 수 있을 것 같은데….

구: 오, 확실하죠. 그것은 단순하고 평이하며 유추와 정확히 부

합됩니다. 그런데 당신은 우리가 만든 이 결과물을 (평면)도형이라 부르면 안 됩니다. 입체라고 불러야겠죠. 하지만 당신에게 기술해 보겠습니다. 아니 엄격하게 '유추에 따라서' 설명해 보죠. 우리는 점에서부터 시작하는데, 물론 그 자체 한 점이지만 오직 하나의 끝점만을 갖습니다. 한 점은 두 개의 끝점을 갖고 선 하나를 만듭니다. 한 선은 네 개의 끝점을 갖고 사각형 하나를 만듭니다. 자 이제 내 질문에 대답할 기회를 드리죠. 1, 2, 4는 기하급수적 증가를 분명히 나타냅니다. 이 다음 수는 무엇이죠?

나: 여덟.

구: 맞습니다. 하나의 사각형은 (아직 그 이름은 모르지만) 8개의 끝점을 가진 입방체라고 부르는 그 무엇을 만듭니다. 이제 확실합니까?

나: 그리고 이 제작물은 당신이 말하는 '끝점' 뿐 아니라 변과 각도 갖습니까?

구: 물론입니다. 모든 것은 유추에 따릅니다. 그런데 당신이 변이라고 부르는 것이 아니라 우리가 변이라고 부르는 것입니

다. 당신은 그들을 입체라고 부를 수 있습니다.

나: 또 내 내부를 위쪽으로 이동함으로써 만드는 이 제작물, 혹은 당신이 입방체라고 부르는 이것에는 입체 혹은 변이 몇 개나 됩니까?

구: 어떻게 그런 질문을 할 수 있지요? 명색이 수학자라는 당신이! 모든 것의 변은 항상, 굳이 말한다면, 모든 것 뒤의 1차원입니다. 결과적으로 점 뒤에는 차원이 없기 때문에 점은 변이 없습니다. 굳이 말한다면 선은 변이 2개입니다. 왜냐하면 선의 점들은 그 변이라고 할 수도 있으니까요. 사각형은 변이 4개입니다. 0, 2, 4, 이 수열을 뭐라고 하죠?

나: 산술급수라 하겠지요.

구: 그러면 다음 수는?

나: 여섯.

구: 맞습니다. 그러면 이제 당신 질문에 대한 대답이 나왔습니다. 당신이 만들려는 입방체의 변은 여섯입니다. 다시 말해

당신 내부의 육면체이죠. 맞나요?

"괴물" 나는 고함쳤습니다. "사기꾼, 마술사, 불한당, 아니 악마, 난 더 이상 너의 속임수를 참을 수 없어. 네 놈 아니면 내가 죽을게다." 이렇게 소리치며 나는 그를 덮쳤습니다.

17
말로 헛되이 설명하던 구가
어떻게 행동에 호소했는가

그것은 소용없는 일이었습니다. 웬만한 동그라미라면 나가떨어지고도 남을 힘으로 이방인을 누르면서 내 가장 딱딱한 각으로 그를 힘껏 때렸습니다. 그러나 그는 나에게 얻어맞고도, 조금도 개의치 않고 서서히 나에게서 떨어지는 것을 느낄 수 있었습니다. 왼쪽이나 오른쪽으로 비스듬히 움직이지 않고서도, 그는 이 세상 밖으로 이동해서는 흔적 없이 사라지는 것이었습니다. 곧이어 공백 상태(공허)가 되었습니다. 그러나 여전히 그 침입자의 목소리는 들려왔습니다.

구: 왜 이성에 귀 기울이려 하지 않는 거요? 나는 지각 있는 수학자인 당신에게서 3차원의 복음을 전할 가장 적임의 사도를 발견하고자 했습니다. 이것은 1,000년에 오직 한 번 주어진 전도의 기회입니다만, 이제는 당신을 어떻게 믿게 해야 할지 모르겠군요. 멈춰요. 방법이 있죠. 말이 아니라 행동으로 진리를 증명해 보이리라. 들어오시오. 친구.

당신이 폐쇄되었다고 간주하는 모든 것들의 내부를 나는 3차원 공간의 내 위치에서 볼 수 있다고 말한 바 있습니다. 예를 들어, 당신이 지금 서 있는 곳 근처인 저쪽에 책장이 많이 있는 것을 볼 수 있고, 당신이 상자(물론 플랫랜드의 다른 것과 마찬가지로 이것은 바닥이 없고 꼭대기도 없죠)라고 부르는 것 속에 돈이 꽉 차 있는 것도 볼 수 있습니다. 가게 장부책도 2부 보이는군요. 나는 지금 저 장 속으로 올라가서 그 장부책을 가져오겠습니다. 나는 30분 전에 당신이 장을 잠그는 것을 보았고, 지금 당신이 그 열쇠를 가지고 있다는 것을 압니다. 그러나 공간으로 들어 올리겠습니다. 보시다시피 문은 잠긴 채 그대로입니다. 지금 나는 장속에 있고 장부책을 들고 있습니다. 이제 그것을 들고 올라갑니다.

나는 급히 벽장으로 달려가서 그 문을 열어 젖혔습니다. 장부책 중 하나가 없어졌습니다. 조롱하는 소리와 함께 장부책이 나타났습니다. 그것을 집어 들었습니다. 의심할 여지가 없었습니다. 없어졌던 장부책이었습니다.

내가 혹시 정신이 이상해지지 않았나 하는 두려움에 나는 신음 소리를 냈습니다. 그러나 이방인은 계속했습니다. "나의 설명이 의심할 여지없이 현상과 부합됨을 분명히 보았겠죠. 당신들이 입체라고 부르는 것은 사실 표피적입니다. 당신들이 공간이라 부르는 것은 사실은 거대한 평면일 뿐이죠. 나는 3차원 공간 안에 있습니다. 그리고 당신들이 그 외부밖에 볼 수 없는 모든 사물들의 내부를 내려다보고 있습니다. 당신의 의지만 발휘한다면 당신도 이 평면에서 떠날 수 있습니다. 위쪽, 혹은 아래쪽으로 약간만 움직여도 내가 보는 모든 것들을 당신도 볼 수 있습니다.

더 위로 오를수록 당신의 평면으로부터 더 멀어집니다. 또 비록 더 작게 보이긴 하지만, 더 많이 볼 수 있어요. 예를 들어, 나는 올라가고 있습니다. 지금 당신 이웃의 육각형과 그의 가족들이 자기들 아파트에 앉아 있는 것을 볼 수 있습니다. 지금 문이 열 개가 열린 극장에서 사람들이 쏟아져 나오는 것을 보고 있습니다. 그리고 다른 한편으로는 동그라미가 책을 펴 놓고 공부하는 것도 보이는군요. 이제 당신에게 돌아가겠습니다. 그리고 아주 결정적인 증거로 내가 당신을 조금 만지는 건 어떤가요? 당신의 내부 즉 위를 아주 약간만 건드리는 겁니다. 그것은 결코 심각한 해를 당신께 끼치지 않을 것입니다. 또 약간의 괴로움이 있다 해도 그 괴로움이란 당신이 얻게 될 정신적 혜택과는 비교할 수조차 없겠죠."

뭐라고 항의하기도 전에, 내부에서 뭔가가 닿는 것을 느꼈고 악마 같은 웃음이 내 속으로부터 터져 나왔습니다. 날카로운 통증이 멈춘 후 조금 덜한 아픔이 남았습니다. 그때 이방인의 모습이 점점 커지면서 나타났습니다. "자, 그렇게 심하게 아프진 않았죠? 지금도 확실히 믿을 수 없다면 무엇으로 당신을 믿게 할 수 있을지, 말해 보세요."

내 결심은 확고했습니다. 남의 뱃속에 대고 술책을 부리는 마술사가 제멋대로 방문하는 것에 대해서 더 이상 참을 수 없을 것 같았습니다. 아, 그를 벽에 대고 살려달라고 할 때까지 찌를 수만 있다면!

다시 한 번 내 딱딱한 각으로 그를 밀쳐버렸습니다. 동시에 도움을 청하는 내 비명소리에 모든 가족이 놀란 것 같습니다. 내가 공격하는 동안 이방인은 우리의 평면 바닥으로 쓰러져서, 다시는 정말 일어나기가 어려운 것 같았습니다. 도움을 요청하는 소리가 가까워지는 것을 들으면서, 내가 그를 더 센 힘으로 눌렀습니다. 계속해서 도움을 요청하는 소리를 지르는 동안에도, 그는 꼼짝 않고 그대로 있었습니다.

구가 경련하는 듯 몸서리를 쳤습니다. "그가 이성에 귀 기울이지 않았음이 분명해." 아마도 그가 말하는 것으로 생각됩니다. "문명에 호소하는 마지막 방법이 있지." 그리고는 내게 급히 큰소리로 외쳤습니다. "이봐요. 당신이 목격한 것을 아무도 보아서는 안 돼요. 당신 아내가 방으로 들어오기 전에 빨리 돌려보내요. 3차원의 복음이 이렇게 산산조각 나서는 안 됩니다. 천년을 기다려온 결실이 이렇게 사라질 수 없어요. 당신 아내가 오는 소리가 들리는군요. 물러서요! 물러서! 나를 놓아주던가, 아니면 나랑 같이 갑시다. 당신이 알지 못하는 곳, 3차원의 나라로!'

"어리석은 녀석, 미친 놈, 불규칙한 것 같으니!" 내가 부르짖었습니다. "결코 나는 너를 놓아주지 않겠다. 네놈의 사기 술책에 대해 벌을 받게 해주마."

"하아! 진심이요?" 이방인이 버럭 소리 질렀습니다. "그렇다면 당신의 운명과 대면케 해주리라. 당신네 평면을 벗어나게 해주겠소. 한 번, 두 번, 세 번. 자, 됐어!"

18
어떻게 내가 스페이스랜드로 왔고 무엇을 보았는가

 말할 수 없는 공포가 나를 사로잡았습니다. 완전한 어둠이었습니다. 그리고 아찔했고 통상적으로 보는 것과는 다른, 메스꺼운 광경이었습니다. 나는 그전의 선과는 다른 선을 보았고, 그전의 공간과 다른 공간을 보았습니다. 나는 옛날의 내가 이미 아니었습니다. 목소리를 듣고 나는 괴로운 비명을 질러댔습니다. "미쳤거나, 아니면 이건 지옥이야!" 구의 목소리가 조용히 대답했습니다. "그 어떤 것도 아닙니다. 그건 지식입니다. 3차원이죠. 눈을 다시 크게 뜨고

침착하게 보세요."

나는 새로운 세상을 보게 된 것입니다. 내가 그 이전에 생각하고 추론하고 꿈꿔왔던 완벽한 동그라미의 아름다움이 분명한 실체를 가지고 내 앞에 서 있었습니다. 이방인의 가장 핵심되는 모습이 내 시야에 들어왔습니다. 그러나 난 심장이나 폐, 핏줄도 볼 수 없었고 오직 조화로운 그 어떤 것만을 볼 수 있었습니다. 그것은 내가 뭐라 불러야 할지 모르지만, 스페이스랜드의 독자들은 얼굴이라 부른다고 하더군요.

내 인도자에게 정신적으로 완전히 굴복해서 나는 소리쳤습니다. "신적인 이상에 가까울 정도로 완벽한 분이여! 선생님 내면의 지혜와 사랑은 볼 수 있습니다만, 심장과 폐, 핏줄, 그리고 간장 등은 어째서 볼 수가 없습니까?" "당신이 보리라 생각되는 것을 당신은 볼 수 없습니다. 당신 뿐 아니라 누구에게도 내 내부를 보이는 것은 불가능합니다. 나는 플랫랜드의 존재들과는 다른 구조를 가지고 있습니다. 만약 내가 하나의 동그라미라면 내 안쪽을 볼 수 있겠죠. 그러나 나는 그전에 말씀드린 것처럼 많은 동그라미들로 이루어진 존재로서 여기에선 구라고 부릅니다. 정육면체의 표면이 정사각형이 듯이 구의 표면은 동그라미의 모습을 띠고 있습니다."

비록 내 스승의 수수께끼 같은 말에 어리둥절했지만 나는 더 이상 그를 짜증나게 하고 싶지 않습니다. 그래서 오히려 공손한 침묵을 통해 그에 대한 나의 경의를 표했습니다. 좀 더 부드러운 목소리로 그가 계속 말했습니다. "스페이스랜드의 심오한 신비를 처음에 잘 이해할 수 없다 해도 자학하지 마세요. 점차 이해가 될 겁니다. 당신이 있었던 나라를 다시 한 번 돌아봅시다. 그리고 거기서부터 우리 다시 시작해 봅시다. 잠시 플랫랜드의 평평한 곳으로 같이 내려갑시다. 당신네 시각, 가시적 각으로는 볼 수 없지만 당신이 가끔 생각하고 추론하는 곳을 보여드리죠." "불가능합니다." 나는 소리쳤습니다. 그러나 구는 나를 이끌었으며, 나는 마치 꿈에 홀린 듯 그의 목소리가 다시 나타날 때까지 그를 따라갔습니다. "저 밑을 보세요. 당신네 오각형 집과 거기 사는 사람들을 보세요."

나는 밑을 쳐다보고는 이제까지 나의 이해력을 통해서만 추론했던 내 모든 집안을 두 눈으로 똑똑히 볼 수 있었습니다. 내가 직접 보는 실체와 비교해 볼 때, 그동안의 내 짐작은 얼마나 볼품없고 엉성한지! 4명의 내 아들들은 북서쪽 방에서 조용히 자고 있었고 부모 없는 두 손자들은 남쪽에, 내 하인과 집사, 그리고 딸들은 각자 자기 방에 있었습니다.

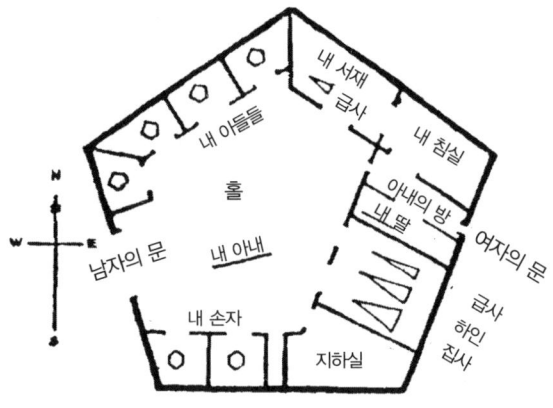

　내가 계속 보이지 않자 놀라서, 인정 많은 내 아내만이 초조하게 내가 돌아오기를 기다리며 거실 위아래를 왔다 갔다 할 뿐이었습니다. 내 비명소리에 잠을 깨 자기 방에서 나온 급사 아이도 구석구석 살펴보고 있었습니다. 이 모든 것을 짐작하는 것이 아니라 이제 볼 수 있게 되었습니다. 그리고 우리가 점점 가까이 갈수록 내 장롱 속의 내용물들과 두 개의 금고와, 구가 언급했던 장부책을 알아볼 수 있었습니다.

　아내의 근심에 감동되어, 난 아내를 안심시키려고 내려가려 했지만 움직일 수가 없었습니다. "당신 아내에 대해 너무 신경 쓰지 마세요." 내 안내자인 구가 말했습니다. "그리 오래 걱정하지는 않을 겁니다. 그보다도 우리 플랫랜드에 대해 탐사해 봅시다."

다시 한 번 내가 공간 속으로 올라가는 것을 느낄 수 있었습니다. 그건 구가 이야기했던 그대로였습니다. 우리가 주목하는 대상으로부터 점점 멀어질수록 더 넓은 곳이 시야에 들어왔습니다. 모든 집들은 물론 그 안에 사는 피조물들과 함께, 내 고향 도시가 마치 미니어처miniature처럼 내 눈에 들어왔습니다. 우리는 위 아래로 오르락내리락 했습니다. 지구의 비밀과 광산의 깊이와 동산의 동굴들이 내 앞에 드러났습니다.

무가치한 내 눈앞에 그 모습을 드러내는 지구의 신비한 모습에 충격을 받은 나는 내 동행인 구에게 말했습니다. "보세요. 내가 마치 신과 같아졌어요. 왜냐하면 우리나라의 현자들이 말씀하시기를 모든 것을 본다는 것, 현자들의 표현에 의하면 전지全知하다는 것은 오직 신의 속성이라고 하셨거든요." 내 말에 대답하면서 내 스승인 구의 목소리에는 약간 질책이 담겨있었습니다. "정말 그렇소? 그렇다면 우리나라의 소매치기나 금고털이들은 당신네 현자들에게 신으로 경배 받겠군요. 왜냐하면 지금 당신이 보는 것처럼 그들도 모든 것을 다 보기 때문이죠. 저를 믿으세요. 당신네 현자들은 틀렸습니다."

나 : 그렇다면 모든 것을 아는 전지한 속성은 신 이외의 다른 존재가 갖는 속성입니까?

구: 모르겠습니다. 우리나라의 소매치기나 금고털이도 당신네 나라의 모든 것을 볼 수 있습니다. 그러나 그것 때문에 그들이 당신들에게 신으로 경배받을 이유는 분명히 없습니다. 당신이 말하는 전지함 (이 말은 우리 스페이스랜드에서는 흔한 말은 아닙니다만) 그것 때문에 당신이 좀 더 공정하고 자비롭고, 덜 이기적이고 사랑스럽게 됩니까? 절대로 그렇지 않죠. 그런데 어떻게 그것이 당신을 신성하게 합니까?

나: '더 자비롭고, 더 사랑스럽다!' 이것은 여자들의 속성인데…. 그리고 지혜와 지식이 단순한 애정보다 더 존중되는 한, 동그라미는 직선 보다는 더 고상한 존재인 것으로 알고 있는데요.

구: 능력으로 사람을 분류하는 것은 내 소관이 아닙니다. 하지만 스페이스랜드의 가장 훌륭한 현자들은 이해력 보다는 애정을 더 중시합시다. 그래서 당신네가 찬미하는 동그라미보다는 경멸받는 직선을 더 존중합니다. 하지만 이걸로 충분합니다. 저기를 보세요. 저 건물 아세요?

그가 가리키는 곳을 바라보자, 플랫랜드의 국회의사당이 있는 거대한 다각형 건물이 멀리 보였습니다. 그것은 내가 아는 거리의 방향에 있는데, 육각형으로 각이 진 희미한 선으로 둘러싸여 있었습니다. 가까이 다가가자 거대한 메트로폴리스Metropolis임을 알 수 있었습니다.

"여기서 우리 내려갑시다." 내 안내자인 구가 말했습니다. 그때는 우리 연대로 따져 2000년의 첫 번째 날, 첫 번째 아침시간이었습니다. 전임자의 선례를 엄격히 지켜 최상류층의 동그라미들은 능숙하게 종교집회를 열었습니다. 1000년의 첫째 날 첫째 아침시간에 전임자들이 그러했고 0년의 첫째 아침시간에 그러했던 것처럼.

이전 모임의 회의록은 최고위원회의 사무장인, 완벽한 균형의 정사각형이 읽어내려갔습니다. 그는 그전에 나와 호형호제하던 친구였습니다. 그 회의록의 내용은 이랬습니다. "마치 다른 세계로부터 계시를 받은 것처럼 꾸며 자신은 물론 다른 사람들까지 선동하여 시위를 벌이려는 몇몇 불순분자들에 의해 국가가 어려움을 겪고 있기에, 전체위원회에서는 모든 밀레니엄의 첫 번째 날에 플랫랜드 모든 주의 주지사들에 다음과 같이 만장일치로 통과된 특별금지령을 내리는 바, 그와 같은 불순분자는 철저히 색출하여 공식적인 수학적 검증 없이도 이등변삼각형은 없애버리며, 규칙적 삼각형은 감옥으로 보내 벌을 주고, 모든 사각형과 오각형은 보호감호소로 압송하고 그밖에 고위직 인사들은 체포하여 즉시 서울로 보내서,

위원회로 하여금 면밀히 조사 판결을 내리도록 하라!'

"당신의 운명입니다." 최고위원회가 세 번째 공식적 결정을 통과시키는 동안 구가 내게 말했습니다. "3차원의 사도를 기다리는 것은 죽음 아니면 감옥입니다." "아닙니다." 내가 대답했습니다. "모든 것은 이제 분명해졌습니다. 진짜 공간의 본질을 너무나 뚜렷하게 느낄 수 있기 때문에 어린이들에게도 이해시킬 수 있을 것 같군요. 지금 당장 내려가게만 해 주세요. 그들을 깨우쳐줘야겠어요." "아직은 안 돼요." 내 안내자가 말했습니다. "그때가 올 겁니다. 그동안 나는 내 사명을 다해야 합니다. 당신의 지역에서 잠시 머물러 있으세요." 이렇게 말하면서 그는 아주 능숙하게 위원들이 둥글게 앉아있는 바로 그 한복판인, 플랫랜드의 바다(그렇게 부를 수 있다면)로 뛰어 들어갔습니다. "3차원의 세계가 있다는 것을 전파하러 나는 돌아올 겁니다." 그가 외쳤습니다.

젊은 위원들이 무시무시하게 문서를 다시 읽기 시작했을 때 구의 동그란 부분이 그들 앞에서 점점 커지는 것이 보였습니다. 그러나 회의를 주재하던 우두머리 동그라미가 조금도 놀라거나 당황하는 기색을 보이지 않았습니다. 그가 신호를 보내자, 다른 여섯 지역에서 온 열등한 유형의 이등변삼각형 여섯은 구 앞으로 달려 나왔습니다. "그가 왔다." 그들이 부르짖었습니다. "아니, 그래, 그가 여전히 있다! 그가 가고 있다! 그가 갔다!"

"여러분, 놀랄 필요가 없습니다." 위원장이 위원회의 젊은 동그라미들에게 말했습니다. "나 혼자만이 볼 수 있었던 비밀문서에 의하면 지난 두 번의 밀레니엄이 시작될 때에도 비슷한 일이 있었습니다. 여러분은 물론 의회 밖에서까지 이런 사소한 일에 대해 말할 필요는 없습니다."

그는 목소리를 높여서 경비대를 불렀습니다. "경찰들을 체포하고 그들에게 재갈을 물려라. 네 의무가 무언지 알겠지?" 그리고 가엾은 경찰관들에게 각각의 운명을 할당했습니다. 결코 누설해서는 안 되는 국가의 비밀을 할 수 없이 알게 된 그들의 비참한 운명이란! 그는 다시 한 번 위원들에게 말했습니다. "여러분, 오늘 위원회를 마칩니다. 새해 복 많이 받으십시오." 자리를 떠나기 전, 그는 진심으로 유감스럽다는 뜻을 조금 길게 표했습니다. 유능하긴 하지만 가장 불운한, 나의 형제인 사무장에게 종신형을 선고하게 되었기 때문이지요. 또 만약 오늘의 이 사건을 절대 발설하지 않는다면 조금 감형해줄 수 있다고 덧붙였습니다.

19

구가 스페이스랜드의 다른 비밀을 알려주었지만 내가 얼마나 더 알고 싶어 했으며 그 결과 어떻게 되었는가

가련한 내 형제가 감옥으로 가는 것을 보고 나는 그 위원회 회의장으로 뛰어들려고 했습니다. 그를 구출하거나 최소한 작별인사라도 건네기 위해서 였지요. 그러나 내 스스로 움직일 수가 없다는 것을 깨달았습니다. 나는 완전히 내 안내자의 의지에 의존할 수밖에 없었습니다. 그가 침울한 어조로 이렇게 말했습니다. "당신 형제에 대해 너무 걱정하지 마세요. 아마도 이후로 그를 위로할 수 있는 시간이 올 겁니다. 나를 따라 오세요."

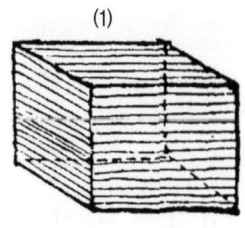 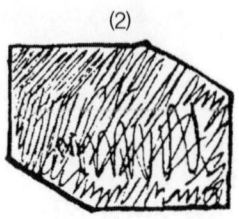

 다시 한 번 우리는 공간으로 올라갔습니다. 구가 말했습니다. "지금까지 당신에게 평면도형과 그 내부 모습만을 보여주었습니다. 이제는 당신에게 입체를 소개하고 그들이 만들어지는 과정에 대해 귀띔해 주리다. 여기 움직일 수 있는 여러 장의 정사각형 카드를 보세요. 여기 한 장 위에, 당신이 옛날에 생각했던 것 같이 북쪽이 아니라 그 위쪽에 또 한 장을 놓겠습니다. 자 보세요. 두 장, 세 장을 놓습니다. 보세요. 이렇게 많은 정사각형을 서로 평행하게 쌓음으로써 입체를 하나 만들고 있는 겁니다. 이제 길이와 너비를 갖듯이 높이를 갖고 있는 입체가 완성되었습니다. 이것을 우리는 정육면체라 부른답니다."

 "죄송합니다만 선생님." 내가 대답했습니다. "그 모양이 내부가 들여다보이는 불규칙 도형으로 보이는데요. 다시 말해서 제가 지금 입체를 보고 있는 것 같지 않습니다. 우리가 플랫랜드에서 짐작했던 평면도형을 보고 있는 것 같은 생각이 듭니다. 흉측스러운 범죄자를 표시하는 불규칙 도형의 하나인 것 같군요. 그래서 그것을 본다는 것이 제겐 고역입니다."

"사실입니다." 구가 말했습니다. "왜냐하면 당신이 아직 빛과 그림자의 원근법에 익숙지 않기 때문입니다. 그것은 마치 플랫랜드에서 육각형이 하나의 직선으로 보이는 것과 마찬가지입니다. 특히 시각인식법을 모르는 사람에게는 말이지요. 하지만 당신의 느낌인식법으로 확인해 보세요. 실제로 그것은 입체입니다."

그리고 그는 나를 정육면체로 인도했습니다. 그 놀라운 존재는 정말 평면이 아니었습니다. 6개의 평면과, 8개의 끝점과, 이른바 6개의 입체각을 가진 부여받은 입체였습니다. 여기에서 그런 피조물은 정사각형을 그대로 평행하게 공간 속으로 이동함으로써 만들어진다는 구의 말이 기억났습니다. 그리고 그렇게 하잘 것 없는 피조물이 어떤 의미에서는 그렇게 탁월한 후손들의 조상이 될 수 있다는 생각도 기꺼이 했습니다.

하지만 내 스승인 구가 내게 말한 '빛'이니 '그림자'니 '원근법'이니 하는 것의 의미를 완전히 이해할 수 없었습니다. 그렇지만 내 어려움을 토로하는 것에 대해 이제 난 주저하지 않았습니다.

이런 문제들에 대한 구의 설명을 내가 이야기한다면 지루하겠지요. 그것을 이미 알고 있는 스페이스랜드 사람들에게 아무리 명쾌하고 간결하게 이야기해도 말입니다. 그의 명료한 설명과, 대상물의 위치와 빛을 변화시키는 것과, 대상물은 물론 그의 신성한 몸을 직접 느끼는 것을 통해서 모든 것이 내게도 마침내 확실하고 분명해졌습니다. 이제는 동그라미와 구의 차이 및 평면도형과 입체의 차이를 쉽게 구별할 수 있게 되었습니다.

여기까지가 내 이상한 사건들의 연대기에서 절정을 이루며 파라다이스 같은 부분입니다. 이제부터는 내 이야기의 비참한 종말, 가장 비참하면서 아직까지 지워지지 않는 파국에 대해 말해야겠습니다. 지식에 대한 갈증이 왜 좌절을 맛보고 처벌을 받아야 합니까? 내 치욕에 대한 고통스러운 기억 때문에 내 의지는 위축되었습니다. 하지만 제2의 프로메테우스처럼 나는 이 괴로움을 견뎌낼 것입니다. 우리의 차원을 2, 3 혹은 그 밖의 몇몇 숫자로 한정시켜온 그동안의 기만에 저항하는 정신을 어떻게 해서든 불러일으킬 수만 있다면! 그러면 모든 개인적 고려사항은 무시하리라! 처음 시작할 때와 마찬가지로 어떤 예단이나 지엽적인 것에 빠지지 않고 공평무사하게 역사의 바른 길을 가리라! 정확한 사실, 정확한 말이 내 머리 속에서 불타올랐던 것처럼, 티끌만큼도 변조되지 않은 채 그대로 기록되어야 하리라! 그리하여 독자들에게 나와 운명 사이에서 판단하게 하리라!

구는 계속해서 모든 규칙적인 입방체와 원주, 원추형, 피라미드, 오면체, 육면체, 십이면체, 그리고 원 이외 형태에 대해서 기초적인 것부터 기꺼이 가르쳐 주었습니다. 하지만 내가 감히 말을 가로막았습니다. 그의 지식에 싫증났기 때문이 아닙니다. 반대로 그가 내게 가르쳐준 것보다도 더 깊은 풍부한 내용을 갈망했기 때문입니다.

"죄송합니다만, 더 이상 완벽한 아름다움의 모든 것이라고 더 이상 불러서는 안 되는 분이시여." 내가 말했습니다. "선생님의 이 하인에게, 선생님의 내부를 볼 수 있도록 허락하시기를 감히 간구하나이다."

구: 나의 무엇이라고요?

나: 선생님의 내부, 선생님의 위, 선생님의 창자

구: 어떻게 이토록 무례하게 요청할 수 있단 말인가요? 그리고 당신은 지금 내가 더 이상 '완벽한 아름다움의 모든 것'이 아니라고 말했나요?

나 : 선생님의 지혜가 제게 가르쳐 주었습니다. 선생님보다 더 위대하고 더 아름다우며 더 완벽에 가까운 존재를 열망하라고 말입니다. 많은 원을 하나로 결합하시어 우리네 모든 플랫랜드의 형상보다 우월하신 선생님! 선생님을 통해 추측건대 하나의 절대적 존재 속에 많은 구를 결합하시어, 선생님보다 더 우월하실 뿐 아니라, 스페이스랜드의 모든 입체를 능가하실 수 있는 존재가 분명히 계실 겁니다. 또한 지금 스페이스랜드에 있는 우리는 플랫랜드를 내려다보면서 모든 것의 내부를 볼 수 있습니다. 그렇다면 우리보다 더 높고 더 순수한 곳에 계셔서 그곳으로 우리를 인도하시려는 분이 분명 존재할 것입니다. 오 나의 사제이며, 철학자이며 친구이신 분이여!(앞으로 저는 늘 이렇게 부르겠습니다.) 그곳은 모든 차원에도 있는 곳이며, 더 공간다운 공간이며, 더 차원 높은 차원성을 갖는 곳이겠지요. 그 전망 좋은 지점에서라면 우리가 이곳 입체들의 내부와, 당신과 같은 구의 내면까지도 다 내려다 볼 수 있을 것입니다. 이미 플랫랜드로부터 이곳으로 탈출한 가련한 이 여행자에게 부디 그곳을 한 번 보게 하여 주십시오.

구 : 푸하하하! 걸신들린 사람 같으니! 이쯤해서 그만 둡시다. 시간은 짧고 당신네 플랫랜드의 무지몽매한 무리들에게 전파

할 3차원의 복음이 아직도 많이 남아 있어요.

나: 아닙니다. 관대하신 스승님, 제가 알고 싶은 것을 행하실 수 있는 분이여, 거절하지 마십시오. 선생님의 내부를 딱 한 번만 보여주신다면 그때부터 저는 선생님의 고분고분한 제자요, 영원한 노예로 남을 것입니다. 그리하여 선생님의 입술에서 떨어지는 모든 말을 금과옥조처럼 여기겠습니다.

구: 음. 당신을 만족시키고 조용하게 만들기 위해, 말하자면 당신이 원하는 것을 보여주고 싶어요. 가능하다면…. 하지만 난 할 수 없습니다. 당신의 청을 들어주기 위해서 내 뱃속을 밖으로 드러나게 할 수는 없지 않나요?

나: 그러나 선생님께서는 저를 이곳 3차원의 나라로 데려오셨습니다. 그리고 내 모든 2차원 나라 사람들의 속을 보여주셨습니다. 그렇다면 선생님의 종을 보다 은혜로운 4차원의 세계로 다시 한 번 여행케 해주시는 것은 쉽지 않을까요? 그곳에서 제가 3차원 세상을 내려다본다면, 모든 3차원 집들의 내부를 볼 수 있겠지요. 입체 지구의 비밀과, 스페이스랜드에 있는 광산의 보물과, 모든 살아 있는 입체 피조물, 심지어 고귀하시고 존경스러운 구의 내면까지도 다 볼 수 있을 터인데요.

구 : 그러나 그 4차원의 세상이 어디에 있습니까?

나 : 전 모르죠. 하지만 선생님께서는 분명히 아십니다.

구 : 난 모릅니다. 그런 나라는 없어요. 그런 생각은 도저히 납득하기 어렵군요.

나 : 결코 그렇지 않습니다. 선생님. 제게는 물론 선생님께도, 그것은 결코 납득할 수 없는 생각이 아닙니다. 아니, 저는 이곳 3차원의 지역에서도 선생님의 기술로 4차원을 제게 보여주실 수 있으리라 믿습니다. 2차원의 세계에서 선생님의 기술은 이 몽매한 종으로 하여금 3차원의 존재에 대해 기꺼이 눈을 뜨게 해주셨죠. 비록 제가 보지는 못했지만…. 과거를 기억해 보세요. 제가 선을 하나 보고는 평면으로 추측했었죠. 하지만 사실은 밝기가 다르며 '높이'라고 불린, 인식되지 못한 3차원을 본 것이라고 가르쳐 주지 않았나요? 그렇다면 여기서 저는 평면을 보고 입체라고 추측합니다. 그때 색깔 같은 것이 아니라, 지극히 미세해서 측정할 수는 없지만, 인식하지 못한 4차원을 사실은 보는 것이 가능하지 않을까요? 그리고 이밖에도 도형의 유추로부터 논의할 수 있지요.

구 : 유추! 넌센스요. 무슨 유추를 한단 말이죠?

나 : 선생님께서 일러주신 계시를 기억하고 계십니까? 선생님 저를 괴롭히지 마세요. 저는 더 많은 지식에 허기지고 갈증 나 있습니다. 분명히 우린 내부에 눈이 없기 때문에 더 높은 다른 곳의 스페이스랜드를 지금 볼 수가 없습니다. 그러나 가련하고 우스꽝스러운 라인랜드의 왕이 왼쪽이나 오른쪽으로 돌 수 없어서 알아차릴 수 없었지만, 분명히 플랫랜드의 영역은 있었습니다. 또 분별력 없는 가련한 장님인 제가 내부에 눈이 없어서 알아차릴 수 없었지만, 분명히 가까운 곳에 내 모양을 건드리는 3차원의 세계가 있었습니다. 마찬가지로 선생님께서 생각하시는 내부의 눈으로, 그것을 알아차릴 수 있는 4차원의 세상이 확실하게 있습니다. 그리고 그것은 분명히 존재한다고 선생님께서 제게 가르쳐 주셨습니다. 아니면 스스로 이 비천한 자에게 알려주신 사실을 정말 잊어 버리셨나요?

1차원에서는 움직이는 점이 2개의 끝점을 갖는 직선을 만들지 않았나요?
2차원에서는 움직이는 변이 4개의 끝점을 갖는 사각형을 만들지 않았나요?

3차원에서는 움직이는 사각형이 (제 눈으로 직접 보지 못했지만) 8개의 끝점을 가진 축복받은 육면체를 만들지 않았나요?

그렇다면 4차원에서는 움직이는 육면체가 (아아! 비유를 위해, 그리고 아아! 만약 그렇지는 않더라도 진리의 전개를 위해) 이를테면 신성한 육면체가 움직여서 16개의 끝점을 갖는, 보다 신성한 조직체를 만들 수 있지 않나요?

한 점 오류가 없는 연속적인 2, 4, 6, 8, 16의 형태를 보세요. 이것은 기하학적 순열 아닙니까? 그리고 이것이야말로, 선생님의 표현을 빌리자면, '엄격하게 유추에 따르는 것' 아닙니까?

다시 한 번 정리하면 저는 선생님께 이렇게 배우지 않았던가요? 선 하나에는 2개의 접하는 접점이 있고, 사각형에는 4개의 접하는 선이 있으며, 육면체에는 6개의 접하는 면이 있다고…. 다시 한 번 2, 4, 6의 연속형태를 보십시오. 산술급수적 순열이었죠? 그러면 4차원의 세상에서 신성한 육면체의 더 신성한 후손은 8개의 접하는 육면체를 갖는다는 사실이 자연스럽게 도출되지 않습니까? 그리고 선생님께서는 제게 믿으라고 하신 것처럼 이것도 '엄격하게 유추에 따르는 것' 아닙니까?

오 선생님, 나의 선생님, 보세요! 나는 사실을 모른 채 추측을 믿어버리고 있습니다. 내 논리적 예측을 부정하거나 확증시켜 주세요. 만약 내가 틀렸다면 더 이상 4차원을 요구하지 않겠습니다. 그러나 맞는다면 선생님은 이성에 귀를 기울여야 합니다. 따라서 이런 사실들이 맞는지 안 맞는지 저는 묻습니다. 그러니까 이 나라 사람들도 목격한 적 없나요? 그들보다 더 높은 곳에 계신 분께서 문이나 창문을 열지도 않은 채 닫힌 방안으로 들어오셔서 나타나셨다가 임의로 사라지는, 그러한 강림하심 말입니다.

구: (잠시 후) 그런 기록은 있습니다. 하지만 그런 사실에 대해 사람들의 의견은 둘로 나뉘어 있습니다. 그리고 사실을 인정한다고 해도 그들은 다른 방식으로 설명합니다. 그 상이한 설명이 아무리 많다 해도, 어떤 경우에도 4차원의 이론을 채택하거나 제안하는 사람은 없어요. 때문에 이런 시시한 일에는 기도를 할 뿐이니, 우리 다시 우리의 본론으로 돌아갑시다.

나 : 난 확신합니다. 내 예측이 맞을 것이라는 건 확실합니다. 그리고 이제 조금만 더 참으시고 제 질문에 한 가지만 더 대답해 주십시오. 존경하는 선생님! 아무도 어디서 왔는지 모를 곳에서 나타나서, 그 누구도 알 수 없는 곳으로 사라진 그분들이 자신들의 부분을 축소시켜 좀 더 공간다운 공간으로 사라진다면, 어느 쪽으로 그렇게 해달라고 간청해야 합니까?

구 : (우울하게) 만약 그들이 나타난 적이 있다면 그들은 분명히 사라진 것이죠. 하지만 대부분의 사람들은 말합니다. 이런 광경은 모두 (당신은 잘 이해가 안 되겠지만) 생각으로부터, 머리로부터, 그리고 예언자의 혼란스러운 상상으로부터 나온다고 말이죠.

나 : 그렇게 말한다고요? 오, 믿을 수 없어요. 만약 정말 그렇다면, 그 다른 공간이 정말 '생각의 나라'라면, 생각 속에서 이 입체들의 내부를 들여다 볼 수 있는 그 축복의 땅으로 나를 데려다 주세요. 그곳에서는 육면체가 엄격한 유추에 따라 완전히 새로운 방향으로 움직이겠지요. 내부의 모든 입자들까지도 전혀 새로운 공간 속에 자기 나름의 궤적을 그리겠지요. 그리고 자신보다 더 완벽한 완전함을 내 황홀한 눈앞에서 만들어 낼 테지요. 그리고 그것이 만들어 낸 완전함은 끝에 16

개의 '특별한' 입체각과, 둘레에 8개의 견고한 육면체를 가지고 있겠지요. 또한 일단 그렇다면 우리의 위쪽에서 머물러야 할까요? 그러한 축복의 4차원 세상에서 우리는 5차원의 문턱에서 들어가지는 않고 질질 끌며 남아 있어야 할까요? 아, 아닙니다! 육체적 상승과 함께 우리의 야심도 솟구치도록 먼저 해결합시다. 그러면 우리의 지적인 공격에 굴복하여 6차원의 문은 열릴 것입니다. 그 후 7차원, 8차원 까지….

내가 얼마나 계속했는지는 모르겠습니다. 그는 벽력같은 목소리로 조용하라는 명령을 반복했고, 만약 계속한다면 가장 가혹한 징벌을 내리겠다고 나를 위협했습니다. 하지만 내 황홀한 격정의 물결은 아무것도 막을 수 없었습니다. 아마도 나는 비난받아야 마땅했겠죠. 그러나 사실 나는 그가 내게 최근 가르쳐준 진리의 매력에 흠뻑 빠졌습니다. 그렇지만 오래지 않아 종말이 닥쳤습니다. 내 말들은 내 외부의 요란한 충돌에 의해, 그와 동시에 일어난 내 내부의 충돌에 의해 끊겼습니다. 그것은 내 말들을 가로막는 엄청난 속력으로 나를 공간 속으로 밀쳐버렸습니다. 아래로! 아래로! 나는 급격히 하강하고 있었습니다. 그리고 내가 플랫랜드로 돌아오는 것이 내 운명인 것을 깨달았습니다. 단 한 번의 일별! 내 눈앞에 지루하리만큼 광활하고 평평한 황폐함이 (이것이 이제 다시 나의 우주가 되려고 합니다) 펼쳐지는 것을 힐끗 보았지만 나는 결코 잊지 못할 것입니다. 그리고는 암흑. 그리고 최후의 모든 것을 완성시키는 천둥소리. 정신이 들었을 때 나는 내 집 서재에서 점점 다가오는 아내의 '평화의 소리'를 듣고 있는, 보통의 기어 다니는 평범한 사각형이 다시 되어 있었습니다.

20
구는 내가 환상을 볼 수 있도록 어떻게 나를 격려했는가

1분도 채 안 되는 잠깐 동안 생각한 것이지만, 나는 본능적으로 내 경험을 아내에게 숨겨야겠다고 느꼈습니다. 아내가 내 비밀을 누설할까 두려워서가 아닙니다. 플랫랜드의 어떤 여자도 내 모험이야기는 이해할 수 없으리라는 것을 순간적으로 깨달았기 때문입니다. 그래서 나는 지하실 문턱에 걸려 넘어져서는 거기 그대로 기절했다는 이야기를 꾸며내어 아내를 안심시키려 했습니다.

우리나라에서 남쪽으로 끌어당기는 힘이 너무나 미약해서, 여자들에게도 내 이야기는 필시 이상하게 들리고 터무니없어 보였을 겁니다. 그러나 보통 여자들 보다 훨씬 감각이 발달한 내 아내는 내가 평소와 다르게 흥분해 있는 것을 보고 그 문제에 대해 더 이상 말하지 않았습니다. 대신에 내가 아프니까 휴식을 취해야 한다고 고집했습니다. 나는 내가 겪었던 일에 대해 조용히 생각해 볼 요량으로 기꺼이 내 작은 침실로 돌아왔습니다. 마침내 혼자가 되자 졸음이 몰려왔습니다. 그러나 눈을 감기 전에 나는 3차원을 재구성해 보려고 했습니다. 특히 사각형의 이동을 통해 육면체를 구성하는 절차를 되살려 보려고 했습니다. 그것은 내가 원하는 것처럼 그렇게 명확하지는 않았습니다. 그러나 그것이 '북쪽이 아니라 위쪽' 이어야 한다는 것은 기억했습니다. 만약 확실하게 파악만 된다면, 이것이 내게는 틀림없는 해결책이 되리라는 것을 믿었습니다. 이 말을 하나의 실마리로 확고히 간직하기로 결심했습니다. '북쪽이 아니라 위쪽으로' 라는 말을 주문처럼 기계적으로 반복하면서, 나는 피로를 풀어줄 만큼 달콤한 잠에 빠져 버렸습니다.

선잠을 자는 동안 나는 꿈을 꾸었습니다. 나는 다시 구와 함께 있게 되었는데, 그의 낯빛으로 미루어 볼 때 나에 대한 그의 격노가 완전히 풀린 것 같았습니다. 우리는 밝기는 하지만 지극히 작은 점으로 함께 이동했습니다. 스승인 구는 내게 그 점에 주목하라고 했습니다. 가까이 접근하게 되자 거기서 마치 당신네 스페이스랜드의 청파리 한 마리가 윙윙거리는 것 같은 약간의 소음이 멀리서 들려왔습니다. 그 소리는 너무 작았습니다. 우리가 날고 있는 진공 상태의 완벽한 정적 속에서도 우리가 날기를 잠시 멈추지 않으면 그 소리가 잘 들리지 않을 정도였으니까요.

"저쪽을 보세요." 스승이 말했습니다. "당신은 플랫랜드에서 살았고, 라인랜드에 대해서는 환상을 보았고, 스페이스랜드의 꼭대기까지 나와 함께 솟아오른 경험이 있습니다. 이제 당신 경험의 폭을 완성하기 위해서 나는 존재의 가장 저급한 수준까지 내려갑니다. 바로, 점의 나라인 포인트랜드이며 아무 차원도 없는 깊은 심연이죠."

"저 쪽 비참한 피조물들을 보세요. 점은 우리처럼 하나의 존재이지만 무차원의 심연 속에 제한되어 있어요. 그 자신이 바로 그의 세상이며 그의 우주입니다. 그는 길이도 너비도 그리고 높이도 알지 못합니다. 그것들을 경험해 보지 못했기 때문이지요. 그는 둘이란 숫자조차 인식하지 못합니다. 복수(다수)에 대한 생각도 못하고 있죠. 왜냐하면 그 자신이 하나이면서 모든 것이기 때문에 거의 무에 가깝답니다. 하지만 그의 완벽한 자기만족에 주목하면 그것으로부터 교훈을 하나 얻을 수 있을 거예요. 즉, 자기만족은 비열한 무지이며, 맹목적이고 무기력한 행복보다는 열망이 더 좋습니다. 자, 들어 보세요."

그가 멈췄습니다. 윙윙거리는 작은 피조물로부터 미미하고 낮으며, 단조롭지만 분명한 딸랑딸랑하는 소리가 들려왔습니다. 그것은 당신네 스페이스랜드의 축음기에서 들려오는 것 같았는데 나는 이런 말들을 알아들을 수 있었습니다. "존재의 한없는 행복이여! '그것'만이 존재하고, '그것' 외에는 아무것도 없나니!"

"저 미물이 말하는 '그것'이란 도대체 무슨 뜻입니까?" 내가 말했습니다. "자기 자신을 말하는 것입니다." 구가 말했습니다. "3차원의 세상에서, 자신과 세상을 구별 못하는 어린애나 어린애 같은 사람들이 자신을 가리킬 때 그렇게(그것이라고) 말하는 것 듣지 못했나요? 잠깐, 쉿! 조용히!"

"그것은 온 공간을 채운다." 작은 피조물의 독백은 계속되었습니다. "또한 그것은 곧 그것이 채운 것, 말하는 것은 그것이 생각하는 것, 그것이 들은 것은 그것이 말하는 것, 그것 자체는 생각하는 자, 말하는 자, 듣는 자, 사상, 세상, 청각. 그것은 하나, 하지만 모든 것 속의 모든 것. 아! 행복, 아! 존재의 이 행복!"

"선생님께서 저 미물을 깜짝 놀라게 해서, 자기만족으로부터 벗어나도록 하게 할 수는 없습니까?" 내가 말했습니다. "선생님께서 제게 그랬던 것처럼, 그것이 정말 어떤 존재인지를 그것에게 말해 주시지요. 그것에게 포인트랜드의 편협한 한계를 드러내 보이고, 좀 더 높은 곳으로 이끌어 주세요." "그것은 쉬운 일이 아닙니다." 그가 말했습니다. "당신이 한 번 해보지 그래요?"

그래서 최대한 목소리를 높여서 나는 점에게 다음과 같이 말했습니다. "조용히! 조용! 이 하잘 것 없는 피조물아! 너는 스스로를 모든 것 속의 모든 것이라 불렀지만, 넌 아무것도 아니야. 이른바 너의 우주란 것은 선 하나 속에 있는 그저 그림자에 불과하며…." "쉿, 조용! 충분히 이야기했소." 구가 나를 가로막았습니다. "자, 들어보세요. 그리고 당신의 장황한 이야기가 포인트랜드의 왕에게 어떤 영향을 미쳤는지 주목해 보세요."

내 말을 듣기 전 보다 더 빛나는 그 왕의 광채를 볼 때 그는 자기만족을 그대로 간직하고 있음이 분명했습니다. 그리고 그가 자기주장을 계속할 때 나는 멈추지 않을 수 없었습니다. "아, 기쁨! 아, 생각의 기쁨! 생각을 통해서 이루지 못할 것이 무엇이던가! 그것의 생각 그 자체가 그것이 되고, 그것을 낮춤으로써 그것의 행복을 고양시킨다! 달콤한 저항이 한 바탕 휘저어도 그 결과는 승리일 뿐! 아,

하나 속의 모든 것이 가지고 있는 신성한 창조력이여! 아, 기쁨이여! 아 존재의 기쁨이여!'

"당신의 말이 얼마나 영향을 미쳤는가 보았죠?" 내 스승이 말했습니다. "왕이 그 모든 말을 이해한다해도 그는 그것을 자신의 말로 여기지요. 왜냐하면 그는 자기 자신 이외에 다른 존재를 지각할 수 없으니까요. 다양한 '그것의 생각'으로 간주해서 자신이 창조력을 발휘한 것이기 때문에 더욱 우쭐해 할 것입니다. 이 포인트랜드의 신에게, 전지전능한 그의 무지한 결실을 남겨두기로 합시다. 자기만족으로부터 그를 구출해 낼 수 있는 방법이 당신이나 나에게는 더 이상 없습니다."

이후 플랫랜드로 여유있게 돌아오면서 나는 내 동반자인 구의 부드러운 목소리를 들을 수 있었습니다. 그의 목소리는 내가 본 것의 도덕성에 대해 지적하면서, 무언가를 열망하고 다른 사람들이 무언가를 열망하도록 가르치라고 자극했습니다. 그가 고백한 바에 의하면 처음에 그는, 3차원 이상의 차원으로 오르기를 바라는 나의 야심에 화가 났다고 합니다. 하지만 제자에게 자신의 실수를 인정하지 못할 만큼 교만하지 않았기에, 내 열망에 신선한 충격을 받았다고 합니다. 그리고는 이제까지 목격했던 것보다 더 높은 차원의 신비 속으로 나를 이끌어 갔습니다. 그리하여 입체의 이동에 의해 어떻게 '특별한' 입체가 구성되며, '특별한' 입체의 이동에 의해 어떻게 이중의 '특별한' 입체가 구성되는 지를 '엄격하게 유추를 따라서' 보여주었습니다. 그 모든 방법이 너무나 단순하고 쉬워서 여자들도 쉽게 이해할 수 있을 만큼 명쾌했습니다.

21

내가 어떻게 손자에게 3차원 이론을 가르치려 했고,
그 결과는 어떻게 되었는가

나는 기분 좋게 잠에서 깨어나, 나의 빛나는 경험에 대해서 숙고해 보기 시작했습니다. 나는 즉시 밖으로 뛰어나가 플랫랜드 사람 모두에게 복음을 전파하고 싶었습니다. 여자나 병사에 이르기까지 3차원의 복음을 전도하고 싶었습니다. 우선 내 아내부터 시작하기로 했습니다.

내가 활동 계획을 막 짜기 시작했을 때, 거리에서 조용히 하라고 명령하는 목소리를 들었습니다. 곧 이어 더 큰 목소리가 이어졌습니다. 그것은 전령꾼의 포고내용이었습니다. 주의를 해서 들어보니 위원회의 결정사항이었습니다. 다른 세상으로부터 계시를 받았다고 떠벌이면서 사람들의 정신을 미혹하게 하는 자는 모두 체포해 감옥에 보내거나 사형에 처한다는 그때 그 내용이었던 것입니다.

나는 곰곰이 생각해 보았습니다. 이 위험은 그렇게 하찮은 것이 아니었죠. 내가 받은 계시를 언급하지 말고 그것을 직접 재현해 보이는 방법을 통해 이 위험을 피할 수 있을 것 같았습니다. 왜냐하면 결국 그것은 너무나 단순하고 확실해서 계시의 내용을 말하지 않는다 해서 잃어버릴 것은 아무것도 없기 때문이죠. '북쪽이 아니라 위쪽으로'는 모든 증명의 단서입니다. 내가 잠들기 전, 그것은 내게 너무나 확실했습니다. 그리고 잠에서 깨어 머리가 맑아졌을 때 그것은 산수만큼이나 명확했습니다. 하지만 지금 내게는 그것이 그렇게 분명하지는 않은 것 같습니다. 아내가 마침 그때 내 방으로 들어왔지만, 아내와 일상적인 몇 마디 대화를 나눈 후 나는 아내부터 시작하지 않기로 했습니다.

내 오각형 아들은 착하고 똑똑해서 유명한 의사이지만, 수학에는 별로이기 때문에 내 목적에는 적합하지 않았습니다. 수학적 재능이 뛰어나 가르치기 쉬운 내 어린 손자 녀석이라면, 가장 적합한 내 제자가 될 수 있겠다는 생각이 갑자기 들었습니다. '조숙한 내 손자 녀석에게 나의 첫 번째 실험을 하는 게 어떨까? 녀석은 그전에 우연히 3^3의 의미에 대해 언급한 적이 있어서 구의 주장을 잘 이해할 테지. 단순히 어린애에 불과한 녀석과 그 문제를 토론한다면 나는 절대로, 안전할거야. 왜냐하면 녀석은 위원회의 포고령을 잘 모를 테니까. 반면에 만약 내가 이단적인 3차원을 계속 선동하고 있는 것을 내 아들들이 발견한다면 나는 녀석들이 나를 동그라미 총독에게 넘기지 말라는 보장이 없다고 느꼈습니다. 그 녀석들은 동그라미들에 대한 존경심과 애국심이 맹목적이리만큼 너무 지나치기 때문입니다.

그러나 내가 먼저 해야 할 일은 내 아내의 호기심을 얼마간 충족시켜 주는 일입니다. 아내는 지난번에 그 동그라미가 왜 나와 함께 신비한 대화를 하고 싶어 했는지에 대해서, 그리고 우리 집에는 어떻게 들어왔는지에 대해 꼭 알고 싶어 했습니다. 그에 대해서 아주 정교하고 자세한 설명을 난 하지 않았습니다. 스페이스랜드 독자들이 바라는 것처럼, 그 설명이 진실과 그렇게 잘 부합되지 않는다는 것이 걱정스러웠기 때문입니다. 마침내 아내가 내게 3차원에 대해서는 아무것도 물어보지 않은 채, 빨리 가사의 의무를 다하기 위해 돌아가도록 설득할 수 있었습니다. 그리고는 즉시 내 손자를 부르러 보냈습니다. 왜냐하면 진실을 고백하건대, 내가 듣고 보았던 모든 것이, 마치 반쯤 알고 있어서 더 감질나게 하는 꿈처럼 이상하게도 내게서 슬며시 빠져나가는 느낌을 받았기 때문입니다. 나는 내 첫 번째 제자에게 빨리 전파하고 싶어졌습니다.

내 손자가 방에 들어오자 난 조심스럽게 방문을 걸어 잠갔습니다. 그리고 녀석을 옆에 앉히고는 우리의 수학 도구들(혹은 당신이 기억하는 대로 직선들)을 집어 들면서 어제의 수업을 다시 시작하자고 말했습니다. 나는 다시 한 번 어떻게 점이 1차원의 이동을 통해 선이 되고, 직선이 2차원의 이동을 통해 사각형을 만드는지 가르쳐 주었습니다. 여기까지 마친 후 나는 억지로 웃으며 말했습니다. "자, 이 장난꾸러기야, 넌 사각형을 '북쪽이 아니고 위쪽으로' 움직여서, 사각형이 똑같은 방법으로 다른 도형을 만들 수 있다고 내게 고집했었지. 그러니까 3차원의 또 다른 도형을 만들 수 있다고 말이야. 그렇지 이 개구쟁이 악당아?"

바로 그 순간, 바깥의 길거리에서 전령꾼이 "들으시오! 들으시오!" 하면서 위원회의 결정사항을 공표하는 소리가 다시 한 번 들렸습니다. 내 손자는 비록 어리기는 했지만 그 나이에 비해 아주 영리하고 동그라미의 권위를 절대 존중하도록 양육된 아이입니다. 그 애는 예상 밖으로 영악해서 상황을 금방 파악해 버렸습니다. 녀석은 포고령의 마지막 말이 사라질 때까지 침묵을 지키고 있다가 왈칵 울음을 터뜨리며 말했습니다. "할아버지, 그건 제 장난일 뿐이었어요. 그리고 아무 내용도 없는 것이었어요. 우린 새로운 법에 대해선 아무것도 몰라요. 그리고 전 3차원에 대해선 아무 말도 안했어요. 또 '북쪽이 아니라 위쪽으로' 란 말은 할아버지도 아시는 것처럼 아무 뜻도 없기 때문에, 그런 말 절대 안했어요. 어떻게 북쪽이 아니라 위쪽으로 움직일 수 있겠어요? 북쪽이 아니고 위쪽이라니요. 전 어린애지만 그 정도로 멍청하지는 않아요. 그런 바보 같은 말을! 하하하하!'

"그건 멍청한 게 아니야" 나는 흥분해서 말했습니다. "이 사각형으로 예를 들어 보지." 이렇게 말하면서 나는 가까이 놓여 있던 움직일 수 있는 사각형을 집어 들었습니다. "자, 보거라! 이걸 움직이는데 북쪽이 아니고 다른 쪽으로, 그러니까 난 지금 위쪽으로 움직이는 거야." 그러면서 나는 사각형을 그저 무의미하게 흔들면서 공허한 결론의 말만을 되풀이 했습니다. 그것이 내 손자에게는 장난스럽게 보였을 테지요. 내 손자는 그 이전 보다 더 크게 웃었습니다. 내가 자기를 가르치는 게 아니라 장난하고 있다고 잘라 말하면서 방문을 열고 밖으로 뛰쳐나갔습니다. 내 첫 번째 제자에게 3차원의 복음을 전하려는 내 노력은 이렇게 수포로 돌아간 것입니다.

22
내가 그때 얼마나 다른 방법으로 3차원의 이론을 확산시키려 노력했으며, 그 결과는 어떠했는가?

손자에 대해 실패를 하자 나는 다른 가족들에게 내 비밀을 전파할 엄두가 나지 않았습니다. 하지만 그렇다고 그것 때문에 가능성이 전혀 없다고 완전히 포기하지는 않았습니다. '북쪽이 아니라 위쪽으로' 라는 구호에만 전적으로 의존해서는 안 되겠다고 생각했습니다. 주제 전체에 대한 명확한 관점을 대중 앞에 제시하여 그것을 입증해야겠다고 생각했습니다. 또 이런 목적을 위해서는 글을 쓸 필요가 있다고 느꼈습니다.

그래서 여러 달 동안 그 비밀에 대한 논문을 은밀하게 작성했습니다. 가능하다면 법망을 교묘히 빠져나가기 위해서, 나는 물리적 차원에 대해 말하지 않고 생각의 나라에 대해 이야기 했습니다. 그곳에서는 이론상으로 플랫랜드를 내려다볼 수 있고 동시에 모든 것의 내면을 볼 수 있습니다. 6개의 직사각형과 8개의 끝점으로 이루어진 도형으로 둘러싸인 도형이 그대로 존재할 수 있는 곳이기도 했습니다. 하지만 이 책을 쓰면서 내 목적에 적합한 그림을 그린다는 것이 슬프게도 불가능함을 깨달았습니다. 왜냐하면 우리 플랫랜드에서는 선 이외에는 다른 평판이나 도표 그림이 없었고, 모든 직선에서는 그 크기와 밝기에 의해서만 구별이 가능하기 때문입니다. 그래서 내 논문(제목은 '플랫랜드에서 생각의 나라로')을 끝마쳤을 때, 내 의미를 이해할 수 있는 사람은 많지 않으리라고 느꼈습니다.

그러는 동안 내 삶은 시들어갔습니다. 모든 즐거움이 내게는 시시해졌습니다. 보는 것 마다 내게 저항하라고 유혹했습니다. 왜냐하면 2차원에서 내가 보는 것들이 3차원에서는 실제로 어떻게 보일까하고 비교하지 않을 수 없고, 나의 비교를 큰 소리로 말하고 싶은 욕망을 거의 억누르기가 힘들었기 때문입니다. 그것은 언젠가 내가 한 번 보았지만 아무에게도 전할 수 없을 뿐더러, 내 정신적 환상 속에서도 다시 재현하기가 점점 어려워졌습니다. 그 신비에 대해 명상하느라고 나는 내 일과 고객에게 소홀하게 되었습니다.

스페이스랜드로부터 돌아온 지 대략 11개월 쯤 지난 어느 날, 나는 두 눈을 감고 정육면체를 보려고 노력했지만 실패했습니다. 그 후 계속 시도해 보았지만 내가 그 최초의 원본을 정말 알고 있는지 확실치가 않았습니다. 지금까지도 그렇습니다. 이것은 그 전보다 나를 더 우울하게 만들었고 뭔가를 해야겠다고 결심하게 만들었습니다. 하지만 무엇을 할지는 몰랐습니다. 내가 만약 확신을 가질 수만 있다면 그 대의명분을 위해 기꺼이 내 생명을 희생할 수 있으리라는 생각이 들었습니다. 그러나 내 손자도 확신시키지 못하면서 도대체 어떻게 이 나라의 최상류층 동그라미들을 확신시킬 수 있겠습니까?

하지만 아직 나의 정신은 강했기 때문에, 나는 감히 위험한 발설을 시도하는 모험을 감행했습니다. 이미 나는 반역자 아니면 이단자로 간주되었고 내 지위가 위태롭다는 것도 예민하게 감지하고 있었습니다. 그럼에도 불구하고 심지어 최상류층의 다각형과 동그라미 사회에서, 약간은 선동적이며 의혹에 찬 발언을 쏟아내고 싶은 욕망을 억제할 수 없었습니다. 예를 들어 자기가 모든 것들의 내부를 볼 수 있다고 말하는 미치광이를 다루는 문제에 있어서 나는 어느 옛 동그라미의 말을 인용하곤 했습니다. 그는 예언자와 영감을 받은 사람들은 언제나 다수로부터 미친 사람 취급을 받는다고 했습니다. 그리고 가끔 나는 '사물의 안쪽을 구별하는 눈'이니 '모든 것을 보는 나라'니 하는 표현들을 불쑥불쑥 내뱉었습니다. 심지어는 '3차원 혹은 4차원' 같은 금지된 단어들을 한두 번 쓴 적도 있습니다. 경솔한 일련의 내 언행은 총독의 관저에서 개최된 지역 사색가 협회 모임에서 마침내 사고를 치고야 말았습니다. 거기에서 몇몇 멍텅구리 같은 인간들은 '왜 신은 차원의 수를 2차원으로만 제한했는가?'라든가 혹은 '모든 것을 아는 것은 왜 절대자만의 속성인가?' 같은 문제에 대해 정확한 근거를 대기 위해 정교한 논문을 발표하고 있었습니다. 그런데 나는 그만 내 자신을 잊어버리고 모든 것에 대해 낱낱이 이야기하고 말았습니다. 구와 함께 3차원 공간으로 여행했다가 우리 메트로폴리스의 국회의사당으로 돌아온 이야기, 3차원 공간으로 갔다가 집으로 돌아온 이야기, 그밖에 내가 환상을 통해 보고 들은 모든 이야기 말이지요. 처음에는 사실 가공인물의 상상적인 경험을 내가 묘사하는 것처럼 꾸몄습니다. 그러나 나의 열정은 곧 내 모든 가식을 내던지게 만들었습니다. 마침내 열변을 토한 연설의 끝부분에서 내 모든 청취자들에게, 편견에서 깨어나 3차원을 믿으라고 강력히 권고했습니다.

내가 즉시 체포되어 최고위원회로 압송되었다는 것을 굳이 말할 필요가 있을까요?

다음날 아침 내 주장에 대해 변론할 것을 허락받았습니다. 불과 몇 달 전에 나의 동행자인 구와 함께 선 적이 있던 바로 그 자리에 서서 말이지요. 그러나 처음부터 나는 내 운명을 예견했습니다. 나는 사형을 당하거나 감옥에 보내질 것입니다. 동시에 내 이야기를 들었던 관리들도 없애버려, 내 이야기는 세상으로부터 완전히 격리되어 비밀에 붙여질 것입니다. 이런 경우 의장은 값비싼 희생을 값싼 것으로 대체하고 싶어 하죠.

내 변론을 마무리 짓자, 의장은 아마도 몇몇 젊은 동그라미들이 나의 신실함에 감동되는 것을 보고는 내게 두 가지 질문을 했습니다.

1. 내가 '북쪽이 아니라 위쪽으로' 라는 말을 사용할 때 그것이 의미하는 방향을 지시할 수 있는가?

2. 내가 즐겨 말하는 정육면체 도형을 (상상적인 변이나 각 같은 세부적인 것이 나타나도록) 그릴 수 있거나 혹은 서술할 수 있는가?

나는 궁극적으로 승리할 진리를 위해 내 목숨을 바치겠다는 말 이외에는 할 말이 없다고 단언했습니다.

의장은 내 감정을 전적으로 이해한다고 하며 내가 최선을 다한 것이라고 말했습니다. 나는 틀림없이 종신형을 선고받을 것입니다. 그러나 만약 진리가 나를 감옥에서 구출하여 나로 하여금 세상에 복음을 전파하려 한다면, 그렇게 될 수도 있으리라 믿습니다. 그동안 나는 별다른 불편이 없었기 때문에 굳이 탈출할 필요성도 못 느꼈습니다. 특별히 잘못을 저지르지 않는 한 나보다 먼저 내 감옥으로 왔던 내 형제를 보는 것도 가끔 허락되었습니다.

7년의 세월이 흘렀지만 나는 아직 감옥에 있습니다. 그리고 (가끔 있는 내 형제의 방문을 제외하고) 교도관 외에 아무도 나와 함께 있는 것이 허용되지 않았습니다. 내 형제는 공정하고, 감각 있으며 쾌활하고, 부성애까지 있는 최고의 사각형입니다. 하지만 최소한 일주일에 한 번씩 그와 나누는 대화가 솔직히 나에게는 가장 큰 고통입니다. 구가 최고 위원회 회의장에서 자기 모습을 드러낼 때 그는 거기 있었습니다. 그는 구가 사라질 때 모습이 변하는 것을 보았고, 그 현상에 대한 동그라미들의 설명도 들었습니다. 그때부터 7년 동안 그는 거의 매주 내 이야기를 반복해서 들었습니다. 구가 그때 모습을 드러낼 때 내가 행한 역할과 스페이스랜드의 모든 현상에 대한 나의 풍부한 묘사, 유추에 의해 추론되는 입체적 존재에 대한 나의 설명들…. 그러나 (여기서 부끄럽지만 고백하지 않을 수 없는데) 내 형제는 아직도 3차원의 본질에 대해 완전히 파악하지 못했고 구의 존재에 대해 믿지 못하겠음을 솔직히 털어놓았습니다.

그리하여 나에 대한 개종자는 아무도 없었고 어쨌든 천년의 계시는 내게 아무것도 아닌 셈이 되었습니다. 스페이스랜드에서 프로메테우스는 인간에게 불을 가져다주었지만, 플랫랜드의 가련한 프로메테우스인 나는 이 감옥에 갇혀서 내 나라 사람들에게 아무것도 주질 못했습니다. 그러나 나는 아직 이런 기억들이 (그것이 무엇인지는 잘 모르겠지만) 어떤 방법을 통해서건, 다른 차원에 대한 생각을 사람들의 마음속에 불러일으키리라 믿었습니다. 제한된 차원성에 속박되는 것을 거절하려는 저항의 정신을 일깨우리라고, 여전히 희망을 버리지 않고 있습니다.

그것은 더 밝은 순간에 대한 희망입니다. 오호라! 그것은 늘 그렇지만은 않았거늘! 가끔은 힘들고 고된 상념이 나를 무겁게 짓누르니, 그것은 내가 한 번밖에 본 적이 없었으며, 아쉽게도 정육면체의 정확한 모습을 내가 진정으로 확신하지 못한다는 사실입니다. 그리고 한밤의 환상 속에서 '북쪽이 아니라 위쪽으로'라는 신비한 격언은 마치 영혼을 걸식하는 스핑크스처럼 나를 사로잡았습니다. 그것은 내가 정신적으로 허약해질 때, 즉 정육면체와 구가 거의 존재의 불가능한 뒤편으로 훌쩍 날아가 버리고, 3차원의 나라가 1차원이나 0차원의 나라와 마찬가지로 거의 환상에 가까워 보이고, 이 견고한 벽이 나의 자유를 억압하고, 내가 지금 쓰고 있는 모든 평면과 플랫랜드의 확고한 실체들이 그저 병든 상상력의 산물이며 모든 한갓된 꿈의 근거 없는 허구에 불과해 보일 때에도 진리의 대의명분을 위해 내가 견뎌야 할 순교의 일부분입니다.

● 옮긴이의 말

옮긴이의 말

한 차원 높은 창의성을 북돋아 주는 고전

"우리가 아는 한, 공간의 여러 차원을 인식하는 방법에 대해서 가장 잘 소개한 작품."

"걸리버 여행기를 쓴 조나단 스위프트적인 풍자와 풍부한 상상력으로 지금까지도 그 명성이 바래지 않은 책."

"단순히 기하학의 지식을 재치 있고 재미있게 다룬 것이 아니라 우리의 우주와 우리 자신에 대해서 깊이 있는 사색을 담고 있는, 한 편의 학위논문 같은 소설."

공상과학 소설의 대가인 아시모프 Issac Asimov가 이렇게 침이 마르도록 격찬한 작품이 바로 이 『플랫랜드』이다. 이 소설이 처음 세상에 선보인 것은 1884년이다. 지금으로부터 100년도 더 전이며, 조나단 스위프트의 『걸리버 여행기』가 출판되고 150여 년이 지난 후이다. 그리고 『걸리버 여행기』가 그러하듯이, 『플랫랜드』는 오늘날까지 널리 읽히고 있다. 그런데 영국문학사에서 아이러니 문학의 최고봉으로 평가받고 있는 『걸리버 여행기』가 그 신랄한 풍자가 거세된 채 (아이러니컬하게도!) 주로 어린이용 동화로 읽히는데 반해,

이 소설은 주로 대학 신입생들(특히 수학이나 물리학 전공생)이 꼭 읽어야할 교양서로 자리매김되었다.

아시모프의 격찬이 결코 과장이 아님은 여러 측면에서 확인할 수 있다. 우선 이 책은 출간 당시부터 비상한 관심을 끌었다. 이 소설을 쓴 애보트는 50여년의 문필생활 동안 45권이 넘는 책을 쓴 매우 다작의 작가였기에, 자신의 명성에 흠이 될까봐 이 소설을 '정사각형' Square이라는 가명으로 출판했다. 그러나 여러 잡지에서 이 책이 다루어졌고 같은 해에 재판을 찍었으며, 불과 2년 후인 1886년에 네덜란드어로 번역되어 출간되었다. 그 후 독일, 프랑스, 이탈리아, 스페인, 러시아, 이스라엘 등 여러 나라 말로 번역되었고, 일본에서도 이미 1977년에 번역된 바 있다.

일찍부터 여러 나라에 번역된 사실보다 더 이 소설의 가치를 웅변하는 것은 이 소설이 그 후의 문화 콘텐츠에 미친 영향이다. 많은

● 옮긴이의 말

과학자나 문학자들이 『플랫랜드』에서 영감을 받았음을 고백했고, 이 소설의 후속편을 창작함으로써 그에 대한 애정을 과시했다. 이를테면 미국 산호세대학의 수학 교수인 러커Rucker는 대학교 때 이 책을 처음 읽고 여러 차원의 세계에 대해서 관심을 갖게 되었다고 고백했다. 실제로 그는 이 소설의 후속편 격인 『스페이스랜드』Spaceland를 2002년에 출판했고, 소설 『플랫랜드』의 탄생 100주년을 기념해서 자신이 그린 그림을 보여주기도 했다. 『플랫랜드』의 후속편은 이미 100년 전부터 출간되기 시작해서, 1907년에 힌톤Hinton이란 수학자가 『플랫랜드의 일화 : 혹은 어떻게 평범한 사람이 3차원을 발견했는가』An Episode on Flatland: Or How a Plain Folk Discovered the Third Dimension라는 소설을 발표했다. 그 후 1965년에 버거Burger의 『스피어랜드』Sphereland, 1977년에 루돌프Rudolf와 러커Rucker의 『기하학, 상대성, 그리고 4차원』Geometry, Relativity, and the Fourth Dimension, 그리고 1984년에 듀드니Dewdney의 『플래니버스』The Planiverse가 계속해서 출판되었다. 2001년 스튜어트Stewart가 쓴 『플래터랜드』Flatterland는 국내에도 번역된 바 있다. 어떤 작품의 원작자도 아니고 후대의 작가들이 그 작품에 영감을 받아서 후속편을 이렇게 지속적으로 창작하는 예는 흔치 않은 일이다.

『플랫랜드』는 영상매체로도 다양하게 제작되었다. 이미 1965년에 마틴Martin 감독이 애니메이션 영화로 제작한 바 있고, 1982년에는 수학자인 엠머Emmer가 연출한 단편영화로 제작되었다. 2007년에도 이 소설을 바탕으로 한 애니메이션 영화가 두 편이나 제작되었다. 100분짜리 장편 애니메이션은 원작 소설의 배경인 빅토리아 시대를 현대 미국 상황으로 각색하여 그 풍자성을 살렸다. 30분짜리 교육용으로 제작된 애니메이션 영화는 유명배우 마틴 신Martin Sheen이 목소리로 참여하여 화제가 되었다. 텔레비전 프로그램에서도 『플랫랜드』의 모티브는 심심치 않게 언급된다. 우주에 관한 과학 다큐멘터리인 『코스모스』에서 천문학자인 칼 세이건Carl Sagan은 우리 3차원 세상과 다른 차원의 세상에 대해 이야기하면서 이

● 옮긴이의 말

소설을 하나의 유추로 언급했다. 미국 SF TV 시리즈인 『아웃터 리미트』Outer Limit 중 한 에피소드는 2차원 세상인 플랫랜드에서 온 사람들에 대해서 다루었다. 그밖에도 이 소설에서 모티브를 얻은 영상물이나 책은 매우 많다.

이 소설은 게임의 원천이 되기도 한다. 1998년 로우랜드Rowland가 〈The Flatland Role Playing Game〉을 개발했고, 이어서 그것을 확장하고 보완하여 2006년에 〈The Original Flatland Role Playing Game〉을 선보였다. 뮤지컬로도 재창조되었는데, 2009년 5월에 프린스턴 대학에서 『플랫랜드』를 각색하여 뮤지컬로 선보였다. 이렇듯 『플랫랜드』는 수많은 작가들에게 영감을 주고, 다양한 문화예술 콘텐츠로 꾸준하게 재창조됨으로써, 추천사에서 호프만이 감탄했듯이 여전히 '시간이라는 독재자'에 꿋꿋하게 맞서고 있다.

『플랫랜드』는 크게 두 부분으로 구성되어 있다. 첫째 부분은 이 책의 주인공인 정사각형이 사는 평면의 나라, 플랫랜드에 대한 이야기이다. 플랫랜드는 모든 것이 납작한 2차원의 세상으로서 기하학적 도형들이 사는 곳이다. 이 2차원의 세계에서 기하학적 도형들은 어떻게 살고 있으며, 평면의 상태에서 서로를 어떻게 알아보며, 여자인 직선이 어떻게 차별받고 있으며, 무채색의 이 세계에 색깔이 사용됨으로써 어떤 사회변동을 초래했으며 그 결과 폭발했던 하층계급들의 반란이 누구의 배신에 의해 어떻게 진압되었으며, 성직자 계급의 허구적 지배이데올로기가 무엇인지 등이 이 소설의 제1부에서 꽤나 그럴듯하게 묘사되고 있다.

두 번째 부분은 주인공 정사각형이 1999년 마지막 날의 마지막 시간에 플랫랜드를 벗어나서 다른 차원의 세계로 여행하는 이야기이다. 그리하여 점의 나라인 포인트랜드와 직선의 나라인 라인랜드와 3차원 공간의 나라인 스페이스랜드를 경험하고, 더 나아가 4차원, 5차원, 6차원 등 고차원 세계의 신비까지 알게 된다. 그리고 다시 자신의 플랫랜드에 돌아와서 다른 차원의 세상도 있다는 비밀을

● 옮긴이의 말

말했다가 감옥에 갇혀 종신형에 처해진다. 이 소설은 감옥에 갇힌 지 7년이 되었는데도 자신의 신념을 굽히지 않은 이 플랫랜드의 프로메테우스가 자신의 경험을 기록한 일종의 여행기인 셈이다.

얼핏 들으면 조금 황당해 보이는 이 소설은 그러나 잘 곱씹어 보면 꽤나 독특한 지적 재미를 맛보게 한다. 이 소설을 재미있게 읽는 방법으로는 대략 3가지 정도가 있다. (혹시 독자들 중에는 또 다른 방법을 발견할 수도 있을테지만….)

첫째는 수학적 논리를 알기 쉽게 설명한 과학소설로써 이 소설을 읽는 방법이다. 이 책은 (호프만이 추천사에서 강조한 것처럼) 아인슈타인이 상대성의 개념을 제창하기 전에 벌써 공간의 여러 차원과 그 상대성에 대해서 매우 정교한 수학적 논리를 전개하고 있다. 그리고 그것을 아주 재미있는 공상과학 소설의 형태로 알기 쉽게 전달하고 있다. 이러한 과학적 측면은 상대성이니 4차원이니 하는 말들이 일상화된 오늘날의 독자들에게는 사실 좀 싱거운 감이 있지만, 여전히 많은 과학소설에 영감을 주고 있다.

그보다 더 재미있게 읽는 방법은 당대 사회에 대한 비판으로서 이 소설을 읽는 것이다. 모든 것이 납작한 평면의 나라 플랫랜드에 대한 이야기는 판에 박힌 듯 메마르고 생동감 없는 빅토리아 시대 영국 상황에 대한 절묘한 풍자이다. 예를 들어 사회의 최하층인 직선 여자들과 성직자인 동그라미에 대한 묘사 등은 19세기 말 영국 사회에서 여성들에 대한 성차별과 성직자의 특권의식 등을 날카롭게 비판한 것이다.

그러나 이 소설의 가장 큰 재미는 어느 시대에나 있을 수 있는 인간의 어리석음에 대한 풍자와 세상살이에 대한 깊은 통찰력에 있다. 『걸리버 여행기』의 작가 조나단 스위프트는 퐁텐느 신부에게 보낸 편지에서 이렇게 말한 바 있다. "만약 『걸리버 여행기』가 영국의 상황만을 묘사한 것이라면 그것은 아주 보잘 것 없는 작품일 것입니다. 같은 악행과 어리석음이 도처에 퍼져있습니다. 유럽의 모든 문명국가까지도 말입니다. 그렇기 때문에 한 도시, 한 지방, 한 국가, 한 시대만을 위해 쓰는 작가의 작품은 읽을 가치와 번역할 가치가 없습니다." 『플랫랜드』에도 그대로 적용될만한 말이다.

사람들은 대부분 자기가 속한 세계를 벗어나기 힘들다. 누구나 자기가 익숙한 세계만이 유일하게 현실적인 가능성이라고 생각하기 쉽다. 그러면서도 문득, 혹시 또 다른 차원의 세계가 있지 않을까 하는 상상을 하기도 한다. 이것은 꼭 1차원, 혹은 2차원의 수학적 공간만을 말하는 것은 아니다. 우리가 흔히 차원이 다르다고 말할 때의 그런 차원을 말한다. 차원을 뛰어넘으려면 대담한 발상의 전환과 존재이전을 위한 과감한 결단이 요구된다. 차원을 달리 하면 인간의 얄팍한 속내와 세상살이의 숨겨진 진면목이 한 눈에 들어온다. 이를테면 2차원의 평면세계에서 사각형은 직선으로밖에는 보이지 않는다. 하지만 3차원의 입체공간에서 보면 사각형의 온전한 모습이 그 속까지 정확하게 보인다. 역사상 선구자로 불렸던 사람들은 자기가 길들여져 있는 세상 이외에 또 다른 차원의 세상을 열망했고, 그 새로운 차원의 눈으로 자기가 속한 세상을 돌아보았던 사람들이라고 할 수 있다.

차원을 달리 하는 순간은 인류 전체의 역사에만 존재하는 것은 아니다. 한 사람의 개인사에도 차원이 달라지는 순간이 있을 수 있다. 이제까지의 익숙한 삶을 과감히 단절하고 무언가 새로운 차원의 삶으로 전환하는 순간이 그런 순간이다. 예를 들어, 미성년의 시기를 끝내고 성년의 시기로 접어드는 20세 전후의 대학 신입생 시절이야말로 2차원적 평면의 시간에서 3차원적 입체의 시간으로 전환하는 순간일 것이다.

꼭 어떤 획기적인 단절과 도약의 순간이 아니더라도 대담한 발

● 옮긴이의 말

상의 전환을 꾀하려는 사람들에게도 이 책은 각별한 재미와 유익함을 안겨줄 것이다. 고정관념의 틀을 과감하게 깨부수고 전혀 다른 차원에서 생각함으로써 창의성을 북돋으려는 사람들, 예컨대 광고 같은 창의 산업 creative industry에 종사하는 사람들에게 이 소설은 깊은 영감과 자극을 줄 것으로 기대한다. 그래서 창의적으로 생각하는 13가지 방법을 제시한 『생각의 탄생』 Spark of Genius이란 책에서도, 2차원에서 3차원으로 혹은 그 역방향으로 생각의 틀을 넘나드는 사고방식을 '차원적 사고' dimensional thinking라고 하면서 이 소설을 다루고 있다. 실제로 광고 관련 강의시간에 학생들에게 이 소설을 권하기도 했는데, 처음에는 다소 황당했지만 읽다보니 생각보다 재미있었고, 광고 크리에이티브 향상과 아이디어 발상법 훈련에 도움이 되었다는 학생들이 꽤 많았다.

원래 이 책은 지금부터 10여 년 전인 1998년 봄에 처음 번역해서 출간했었는데 이번에 대폭적으로 수정해서 다시 펴내게 되었다. 그

때는 막 미국으로 유학가기 전이라 유학 준비를 하면서 나름대로 열심히 한다고 했는데, 유학을 마치고 돌아와서 다시 보니 마음에 들지 않는 부분이 많았다. 무엇보다도 너무 투박한 번역어투 문장이 마음에 걸렸다. 그렇다고 의역을 남발하는 것도 영 내키지는 않았다. 원작 자체가 19세기 영어이고 워낙 딱딱한 만연체를 구사했기 때문에, 원작 소설의 분위기를 그대로 전하면서 자연스러운 우리말로 표현하는 일이 여전히 쉽지 않은 것 같다. 나이가 들수록 한국어를 잘 쓰고 싶다는 어느 선배 교수님의 말씀이 요즘 새삼 가슴에 와 닿는다.

이 책의 맨 처음 번역원고를 10여 년 전에 '어깨가 빠지도록' 컴퓨터로 타이핑했던 내 아내 변혜영 교수(강원대)의 수고와 그에 대한 고마움을 이 개정판에도 기록으로 남기고 싶다. 이번 개정판 작업에서는 한림대 언론정보학부 광고홍보 전공의 조규영 군과 김미선 양이 원고정리 등으로 수고를 많이 했다. 이 자리를 빌어 그들에게도 감사의 말을 전한다.

● 옮긴이의 말

모름지기 생각의 틀을 깨고 더 높은 차원의 창의성을 북돋우려는 사람이라면 이 길지 않은 소설에서 재미와 영감을 듬뿍 맛볼 수 있으리라 믿어 의심치 않는다.

2009년 9월
호반의 도시 춘천에서
윤태일